河出文庫

超少年

長野まゆみ

河出書房新社

目次

超少年

001

Topic news 絶滅植物①

ニオイスミレ　Viola《ヴィオラ》　学名 Viola odorata

（Apocalisse di Pianta Lista《植物の黙示録リスト》-Vi-071-2590）

神話によれば、スミレはゼウスによって牝牛《めうし》に変えられたイオの食草としてつくられた花である。春の再生を象徴する花と謳《うた》われたが、野生種は二十三世紀半ばに絶滅した。〈AVIALY《エービアリイ》〉の絶滅植物復活委員会では、衛星2197-059（通称無名人墓地45）から発掘された種子を、いくつかの群体《コロニー》に託し発芽させようと試みているが、いまだに成功していない。

環境汚染が深刻化した二十四世紀に、われわれはSial《地上》の特定の地域を植物の保護区とする国際規約を制定し、その地域にたいしてのあらゆる干渉を禁止した。にもかかわらず、絶滅危惧種の回復ははかばかしくなく、その後、保護区をさらにひろげた。やがてわれわれの側の居住区が制定され、同時になかば強制的な居住衛星《ハビテーション》への移住がはじまった。三十一世紀に極端な環境保護思想がおこり、すべての人々が居住衛星《ハビテーション》へ移住する協議会規約を採択した。Sial への滞在はコンピュウタ制御の許可制となり（選別に感情的視野を廃するという幻想のため）、事実上のロックアウトがおこなわれた。

その後は、〈AVIALY〉居住者も周知のとおり、ヒト科をのぞく生物の自主再生に期待をかけすぎたわれわれの先祖は、植物相《フロラ》の効率的な世代交代による進化を見のがした。彼らは光合成のシステムを急激に転換し、いつしか二酸化炭素を吐きだすようになった。むろんその過程で多くの脊椎動物が影響をうけて個体数をへらしたが、遺伝子の変異システムをわれわれよりも本能的に機能させていた彼らは、環境に適応する型《タイプ》への変容をとげた。

かくして、〈AVIALY〉に止《とど》まることを余儀なくされたわれわれの祖先は、環境に応じた世代交代への必要性を説き、どこでどう屈折したのか、Sial へ帰還するよりも、〈AVIALY〉のシステムをより機能的に発展させることへ情熱をかたむけてしまった。われわれが現在、王子とピエロと呼ぶ〈両生類《アンフィビアン》〉はこうした変異の果てに生まれたのだ。

もはや二度と Sial へ還ることのないわれわれは、今ごろになって感傷的な気分をいだき、かつてSialで繁殖した植物を復活させ、育てようとする趣味を持つにいたった。〈超《リーフ》〉が可能になったことも幸いした。〈AVIALY〉は絶滅植物復活委員会を発足し、軌道上を浮遊する無名人墓地の発掘調査をすすめる一方、各々の植物群が分布していた時と場所とを選んで〈超《リーフ》〉することで、種子および球根の蒐集に努めてきた。

もともと〈AVIALY〉の植物相《フロラ》における培養装置として優れていた群体《コロニー》Sの王子は、Sialの植物相《フロラ》の培養でも適応力は群をぬいた。しかし、〈超《リーフ》〉中の事故により、行方不明になっている。ピエロ同士の混乱をさけるため、年代はあきらかにされていないが、おそらくは二十二世紀であろうと思われる。ANSA《アンサ》の特務員（不明者捜索担当）であるKite《カイト》が現地へおもむき、行方を追っているが、いまだ発見されないもよう。Kiteからは、もうしばらく止《とど》まって捜索にあたる旨《むね》の報告書が届いている。われわれ〈AVIALY〉としては、一日もはやい王子の帰還をねがう。むろんわれわれ以上に、群体《コロニー》Sのピエロたちは、待ちくたびれていることだろう。（特派員報告　Legno《レグノ》　Ao-Site《サイト》　ANSA発）

《失われた花を求めて》第一回

三月生まれの御祝いに
青いスミレをおくろう
澄んだまなざしと、深いやすらぎが
いつの日も
きみのものであるように

スミレを探す旅は、二一六〇年三月、春分祭でにぎわうS／U《エスユー》境界市へ〈超《リープ》〉するところからはじまった。なにしろこの市の紋章は、その姿を実際に見たことのないわれわれ〈AVIALY《エービアリイ》〉の住人にさえ、なぜかしらあこがれを抱かせるあの紫の小さな花、ニオイスミレなのだ。

市内の目ぬき通りには春の祝祭らしくニオイスミレの紋章入りの旗がひるがえり、ゆきかう人の服や帽子にもスミレ色が目だった。菓子専門店の〝ハーツイーズ〟では、二本ずつ交叉《こうさ》させたスミレ色の三角旗を梁《はり》ごとにかかげ、それぞれの棹《ポール》の切っ先には玻璃《がらす》でできた白い鳩がとまっている。

磨きあげた飾り窓に、スミレの砂糖菓子《コンフェクション》をのせた白いケーキがならび、リボンを結んだ紙片に冒頭の文句を書きそえてあった。驚くのは、その真っ白なケーキの切り口だ。ナイフをいれたところに、卵白と小麦で仕上げたとは思えない鮮やかなスミレ色の生地《きじ》がのぞく。それを白い衣《クリイム》でくるみ、スミレ、パンジー、スウィトピー、野茨《のばら》やアネモネなど、彩り豊かな砂糖菓子《コンフェクション》をのせてできあがりだ。持ち帰りの包みは銀の波紋紙《モアレ》に、香《かぐわ》しいスミレ色のリボンを結ぶ。それはまさに、われわれ〈AVIALY〉の住人が花にたいしていだく情緒的な要素の結晶だ。

　舗先《みせさき》を熱心にのぞきこむ少年がいた。濃紺《のうこん》の上下に、スミレ色と黄が斜め縞《じま》になったボゥを結んだ服装は、この時代の典型的な学校服だ。深くかぶったバスクベレーの正面と、胸ポケットにスミレの紋章を縫いとってある。ベレーにピンで留めているのは一輪のニオイスミレで、学校の式典《ブロード》で配られたのだと云う。茎の基部に小さなキャップを嵌《は》め、枯れないための溶液を含ませてある。確かに、スミレはまだ瑞々《みずみず》しい。

　スミレのケーキに見いっていたわけを訊《たず》ねたところ、彼はきょうが誕生日なのだと答えたあとで、やや憮然《ぶぜん》とした表情になった。鳶色《オーバーン》の髪によく似あう菫《パンシエロ》青の睛《ひとみ》の持ち主で、いくぶん頑固な気質がのぞいた。

真新しい左手の繃帯《ほうたい》が、彼の気塞《きふさ》ぎの原因なのだろうと推測したが、少年は否と、きっぱり首をふった。きょうの誕生日を、兄に思いだしてもらえなかったのだと云う。兄弟はふたり暮らしだ。兄はハイパーフットボールの主力選手で、遠征試合のたびに家をあける。もうなれた、とつぶやく少年の口ぶりに不満と切なさがいりまじった。

ハイパーフットボールは、同時代のほかの都市とひとしく、S／U境界市でも非常に人気のあるプロスポーツだ。ここ数年は地元チームが好調で、今季はディフェンディング・チャンピオンとして開幕を迎える。

今になって、往来のにぎわいは、祝祭をそっちのけで今夜の開幕試合を前に気勢をあげる人々なのだと気づいた。しかも、目ぬき通りにひるがえるニオイスミレの紋章入りの旗は祝祭の飾りつけではなく、地元チームのための応援旗である。縫いとり文字の〈VIOLETTO《ヴィオレット》〉はチームの愛称で、勝利を呼ぶ色もスミレ色というわけだ。

S／U境界市の人々にとって、スミレはごく身近な花である。すでにSial《地上》とは縁遠いわれわれには想像しにくいことだが、当時はまだ四百種をこえる野生のスミレが北半球全体に分布していた。〝余はスミレとともに再来する〟といった皇帝の伝説も残っているくらいだ。現に辻々に花売りがたたずみ、スミレの花束を売っている。

彼らにとって、市街をはずれた森の彼方で雄姿を見せる外輪山の、あの黒い境界層（中生代白亜紀と新生代第三紀にはさまれた五センチほどの地層）は、恐竜が闊《かっ》歩《ぽ》した時代に思いをはせる縁《えにし》にすぎず、やがて来る異変の暗示だとは露ほども感じない。末裔《まつえい》が〈AVIALY〉のような居住衛星《ハビテーション》の住人だとは、考えもしないだろう。地殻はそもそも襞《ひだ》と襞をたぐりよせた形態であり、核《コア》には多くの未知を温存する。あきらかになったのは、ほんの地表層でしかない。人々はそれを忘れがちだ。しかし、地下へ根をはった植物相《フロラ》は、より早く変化の兆《きざ》しをとらえていたのだ。

〝ハーツイーズ〟で買い物をすませた先ほどの少年が、回転扉を出て来た。ひとつかみのスミレの砂糖菓子《コンフエクシヨン》を手にしている。少年が今夜の試合を見にゆくものと思い、競技場までの案内を頼んだ。だが彼はふたたび顔をしかめて溜《た》め息をもらし、今夜は家で留守番なのだと答えた。晩に届く荷物をうけとるよう、兄に指示された。

ハイパーフットボールの選手と云えば、当時のSialではエリート中のエリートである。なぜならそれが、身体機能と知能の双方で高い資質を持っている証しとなるからだ。

〈AVIALY〉の視聴者には、ここで少々注釈が必要だろう。ハイパーフットボールの各選手は、スポーツ団体ではなく、ISFA《イスファ》（国際宇宙連邦局）に所属する宇宙工学のスペシャリストたちなのである。当時はまだ外惑星への移住を真剣に考えており、ISFAでは苛酷《かこく》な大気圏外活動に耐えうる人材を養成する目的で、ハイパーフットボールを考えだしたのだった。

つまり、そういう特別な地位にある少年の兄は、家庭内での権限も強く（ふたり暮らしであればなおさら）、弟の分際では口答えができない。

少年に競技場への近道を教えられ、目ぬき通りを歩きだした。夕もやがたなびき、白い火屋《ほや》をかぶせた提灯《ランタン》にあかりがはいった。たよりなげに連なって街路樹を結び、やがてゆるやかな坂をのぼりきったところへ収斂《しゅうれん》する。

そこはロータリーであり、人口五十万弱のＳ／Ｕ境界市の中心街でもあった。目を引くのは商業ビルと居住区とを連絡橋でつなぐ建築群で、市民は全体を電氣会館《でんき》と呼んでいる。一等地に建つことからも想像がつくように、居住区の住人は高額の家賃をものともしない富裕な階層に属する。経済力の差異が階層を生むのは、Sial時代の特徴だ。居住区の窓は内部を見透かせない仕掛けを持ち、往来からは単純に明るく光って見えた。

S／U境界市の市民には内緒だが、ANSAの特派員が〈AVIALY〉との交信に使うイリュージョンラジオも電氣会館の屋上へアンテナを設置してある。流線型装置もこのアンテナの位置を座標軸に設定してジャイロコンパスをあわせ、作動させるのだ。むろんS／U境界市の市民には、われわれの使うシグナルはいっさい何の影響もおよぼさず、探知もされない。そもそも磁界がちがっているためだ。

うっかりして、少年や彼の兄の名を訊《たず》ねなかった。〝ハーツイーズ〟の舗先《みせさき》まで引き返したが、すでに少年の姿は人波にまぎれていた。〈VIOLETTO〉の広報部へいけば、なにか手がかりがあるかもしれない。

002

Topic news 絶滅植物②
エニシダ　Common broom《コモンブルーム》　学名 Cytisus scoparius
（Apocalisse di Pianta Lista-Leg-006-0032）

伝説の多い花である。この花を指す、もうひとつの呼び名の Plantagenet《プランタジユネ》は、その昔、兄王を殺害して支配者となった王子の名前であった。王子はやがてその罪を悔い、この枝を束ねた鞭《むち》で、自らの躰《からだ》を夜ごと打たせた。野生種は二十四世紀まで持ちこたえたが、二三八九年に Islas Canarias《カナリア諸島》で確認されたのが最後の記録となった。絶滅植物復活委員会では、漂流衛星ウ型G級―1007の穀物倉庫で採取した種子の発芽を試みた。
〈AVIALY《エービアリイ》〉において、いちはやく定着したデザート・ピーのように、王子の躰で培養するには固有のプラズマが必要だが、どの群体《コロニー》のピエロもまだ持っていないようだ。黄金の波とも称されたこの花の群落を、ぜひとも目にしたいと云う委員は多い。だが、〈AVIALY〉の予算を引き出す名目として、まずはタンパク源の確保に有用な種の培養を優先したため、資源価値のひくい植物の復活は遅れているのが現状だ。

一昨年度まで復活植物の最多記録を五年連続で樹立した群体《コロニー》S(SWAN-LAKE)は、今年度はまだ二十一種類でしかない。第一王子が欠けた影響は、当初の予測よりも大きく、ほかの王子とはさっぱり適合しないピエロ‐α《アルファ》の不振もひびいている。彼は同時に何百種類もの配偶子《ジェム》を保持する点で、特異な体質だと評価できる(それによって、職能級で最上位を占めてもいる)が、一方でそれらは第一王子との関係性においてのみ機能する特殊性をもはらんでいたのだ。

医療センターでは、養分補給によるピエロ‐αの体質改善は可能だと云っている。現に彼は入院治療中だ。このまま第一王子が帰還しない場合、体質改善を実行しないかぎりは、ピエロ‐αは現在の職能級を失うことになるだろう。(特派員Soto《ソト》
Af-Site　ANSA《アンサ》発)

雨天体操場をかねた柱廊庭《ガレリア》で、春分祭の式典がひらかれた。スワンは繃帯《ほうたい》を巻いた左手を学校服のズボンのポケットへつっこんだまま校舎の通用口をはいり、規律担当教官に減点票を喰らった。そもそもスワンは、鐘のひびく中を登校した遅刻ぎみの一団のひとりだった。

「また、例の疥癬《スカビア》にかかってるんだって、」

昇降階段で顔をあわせた級友たちは、わざと聞き苦しい病名を口にして、繃帯とねんごろになっているスワンをからかいつつうらやんだ。少年らは、異物にたいして格別な執着を持つ年ごろだ。スワンが以前に細菌性の発疹《ほっしん》だと吹聴《ふいちょう》したおかげで、なおさら好奇心の的となった。

「さわるなよ。感染することもあるって、ドクターが云ってたぜ、」

忠告に従い、級友たちはスワンの繃帯をながめるだけにとどめた。あるていど膨《ふく》らんだ時点で、切開して膿《うみ》をとりのぞくのだという話を真にうけ、そんな厄介《やっかい》ごとがわが身にふりかかるのを懼《おそ》れている。スワンは調子にのって、切開は麻酔なしでおこなわれ、そのたびに気絶するのだともつけくわえた。

失神だの気絶だのは、学校生徒の彼らにとって名誉なことではないが、「麻酔なしの切開」への怯《おび》えが、彼らに敬意をいだかせた。

「それより、夜明け前にちょっと面白いものを見たぜ、」

昨夜《ゆうべ》、兄の理不尽な申し渡しに憤ったスワンは、気晴らしに自宅のある電氣会館の屋上へのぼって朝まで過ごした。夜天《そら》がスミレ色に明けてくる、そんな時刻のことだ。S／U《エスユー》境界市を囲む深い森は、ここがオアシスにも似た隔絶都市であるのを物語っている。さらに森の向こうには、自然地形を利用した市域の境界線ともいうべき外輪山が見えた。

山頂の根雪《ねゆき》は、暁《あかつき》に映えてかすかに紅《あか》い。雲ひとつない明け方の天《そら》で、スワンは人工天体《サテライト》が落下するのを目撃した。銀色に光るそれは、後方へ長く伸びる尾をひき、スワンの視野のちょうど真ん中を狙《ねら》いすましたかのように降下した。

「森の中へ落ちたよ。あれはたぶんバロオト地区のあたりだ。その瞬間、天《そら》がスミレ色に光ったんだ。」

バロオト地区は、地質の影響で磁石が狂う樹林帯で、周辺はひろく立ち入り禁止になっている。バロオト地区の名は、思わせぶりな話題を提供するさいの常套句《じょうとうく》なのだ。スワンはむろん、生徒たちの中に、バロオト地区へ実際に侵入した者はいない。

「なんで人工天体《サテライト》だと思うんだ。隕石《いんせき》ってこともあるだろう、」

「隕石は、あんなに光らないよ。それに電波も出さない。……なにか、信号が伝わってきたんだよ。それ以来、耳の調子が悪くってさ。螺旋器《らせんき》が存在を誇示するんだ。

ずっと振動している感じなんだよ。」

「そりゃ、寝ているあいだにアブか何かがはいったんだ。」

「ちがうよ。衛星の反射波をとらえてるのさ。聴覚が異常進化したのかもな。」

こうしている今も、スワンは耳の奥の顫《ふる》えを感じた。音ではなく振動としてとらえているのだ。けさ落下物を目撃するまではそんな感覚はなかった。級友たちは、賛同しかねるといった顔をしてみせた。

「たんに興奮しすぎだぜ。螺旋器は、聴神経に興奮を伝える器官だ。どうせ、口にできないようなことをしてたんだろう。独りきりで夜明け前の屋上へ出てすることと云ったらさ……、」

スワンのまわりに居あわせた少年たちは、それぞれに経験ありと告白するような目配せを交わした。

「そういえば、新発売のピタ社のヒステリー・ラジオは、ビブラフォン機能がついてるってさ。そのせいで、まもなく購入時に身分証が必要になるらしいぜ。年齢制限するための、」

「耳って、意外に穴場だよな、」

そのひとことで、少年たちはいっせいに声を立てて笑いだした。ひとしきり無駄話をした彼らは、校舎内にひびく鐘の音にせかされ、雨天体操場へ向かった。全校生徒が廊下や階段でいっせいに動きだすときの靴音やざわめきは、なによりも端的に儀式のはじまりを宣言した。この集団は、そうでもなければ、まとまって動きはしない。

春分祭は、来るべき花の季節に先立つ華やいだ祝祭であるばかりでなく、S／U境界市の市制記念日でもあった。思いいれたっぷりの祝辞を披露《ひろう》する相手として、市長は未来をになう学校生徒を選んだ。実は、市政の実権を握る評議員の意志で、市主催の式典がなくなり、学校生徒は運悪く身代わりの聴衆となったのだ。市政は評議制で行われ、評議権を持つ委員たちの意志は市長の立場を圧倒する。

今夜のハイパーフットボールの開幕試合にしか関心のない委員たちは、市の内外から集まる試合観戦者が優に十万人をこえることを理由に、混乱を懸念して市主催の式典を中止した。そのため生徒たちは割りを喰い、延々一時間にもおよぶ市長の祝辞を拝聴するはめになった。市の式典ならば担当役人によって適正な長さにおさまる原稿も、きょうばかりは手つかずで、市長の熱弁はいつ終わるとも知れない。

午后四時過ぎ、生徒たちはようやく自由の身となり、それぞれ帰路についた。たいていの生徒は市内のレストランなどで家族と落ちあい、夕食をともにする予定だった。

「スワンは競技場へ直行するんだろう。いいよな、確実にチケットがとれる身分ってのはさ、」

彼の兄が地元チームの有力選手なのを知らない生徒はいない。彼らはわれがちに校舎の出口へ殺到し、口々にスワンをうらやんだ。半月前に売り出され、五分で完売した今夜の入場券は、まさしくプラチナもので、ほとんどの生徒は自宅での中継放送で我慢する。その点、選手の身内には家族割り当てがあり、スワンはいつも楽々と席を確保できた。

ところが今夜、スワンが自分のものになると思いこんでいた二座席《ツインシート》を、兄のカイトは市の有力者に譲渡してしまったのだ。理由は、今夜の八時過ぎに届く重要な荷物の受取人が、スワンのほかに考えられないためだった。スワンは猛反発したが、腕力はむろん、泣き落としの通じる相手ではない。経験上、素直に従うほうが無難だ。反抗するほどに歯がゆさが募り、ますます惨《みじ》めになる。ただ、そんな情けない事情を、学校ともだちには明かせなかった。

「まずは医者へ行くんだ。化膿《かのう》どめをもらいにね、」

繃帯を示して、スワンは話をそらした。

「祝日は休診だろう、」

「主治医のところが、たまたま休日診療の当番医院なんだ。こんな日に医者へ通うなんて冴《さ》えない話だけど、アレルギイ性の皮膚炎は、甘くみると容易《たやす》く全身へひろがるって、脅されてるのさ、」

「アレルギイなのか、」

「……かもしれないって話。検査をすると、食品だけでなく、ありとあらゆる物質にたいして、少しずつアレルギイ反応があるんだ。新聞紙や内装の塗料にまでだぜ。学校の保健課へ真っ正直に反応リストを提出したら、校内での飲食はむろん、閲覧室の出入りも禁止されかねない。だから、リストは提出しない。実際にアレルギイをおこすのは玉葱《たまねぎ》だけだ。検査なんて、いいかげんなものさ、」

ひと群《むれ》になって歩く生徒たちは、曲がり角を越すたびに頭数がへり、目ぬき通りの中ほどへ差しかかったころには、スワンの愚痴《ぐち》の聞き役はヒヴァだけになった。彼は、スワンの主張にたいして異議ありげに口をとがらせた。だが、結局何も云わずに両親の待つ〝ネスポーラ〟で別れていった。そこは名の知れた料理長のいる舗《みせ》で、雲丹《ウニ》と紅茄子《トマト》のムースの前菜やチーズとサラミの半月揚げ《カルツオーネ》などの親しみやすい献立《こんだて》を、ほかにはない味でたのしませてくれる。ヒヴァが云わずにおいたのは、玉葱を口にできないスワンが、学校の食堂でしばしばオムレツを注文するのを日ごろから奇妙に思っている、ということだった。

学校の厨房《ちゅうぼう》の仕入れ係が食糧費をわずかずつくすねているのは周知の事実だ。生徒たちの保護者に気づかれない範囲で、献立の質を落とす手口も巧妙だった。したがってオムレツの具は、格安のベーコンと玉葱だけである。「玉葱ぬきで」と断って注文するオムレツがどんな味になるかは、たいがい知れている。それでもあえてオムレツを選ぶスワンの真意が、ヒヴァには理解できないのだ。

卵とベーコンを食べたいだけなら、学校食堂ではカルボナーラを注文したほうがよっぽどましな料理にありつける。スワンの選択は、この春の流行の髪型を目指すつもりでかえって野暮になる連中と、同じくらいイカさない。別れぎわのヒヴァが、それを指摘したかったのだろうということくらい、スワンも承知だった。

ところで、少年たちのあいだでこの春流行の髪型というのは、側頭部で弓なりにわずかずつ切りそろえた髪が、耳の後方でアレリオン機の尾翼《びよく》についた標《マーク》のように三角の翼をつくる髪型のことで、旋毛《つむじ》によって右か左のどちらか一方にするのが、暗黙の了解ごととなっている。両側に翼をつくるのは野暮だし、三角が大きすぎても小さすぎてもいけない。ヒヴァはその髪型が完璧に近い生徒のひとりだった。

ヒヴァと別れた後、〝ハーツイーズ〟のこれ見よがしの飾り窓へまんまと引きつけられたスワンは、硝子《ガラス》越しにならんだスミレのケーキを熱心にながめた。〝三月生まれの御祝いに〟ではじまる宣伝文句が目にとまり、虚《むな》しい気持ちになった。きょうという日に、いったい誰が彼の誕生日を思いだしてくれるだろう。常に先のことを考える兄にとって、過去に属する記念日など無きに等しい。弟の誕生日を、いちいち気にとめるはずはなかった。おまけに、窓硝子に映ったスワンの髪の三角翼はなぜだか歪《ゆが》み、思っていた以上にみっともない。彼は三角翼が隠れるようベレーを深くかぶりなおした。

「……悪いけど、これをちょっと持ってもらえないかな。靴紐《くつひも》が解《ほど》けちゃってさ。結びなおしたいんだ。」

不意に声をかけられ、スワンは窓硝子から目を離した。いつのまにか、傍《かたわら》に見知らぬ少年がいる。だが、学校服はスワンと同じだ。S／U境界市で最も伝統的な学校のそれは、優越感のためだけにあると云ってもかまわない。選抜制の頂点に位置する生徒にのみ、許された服装だった。

少年は、長さ八十センチほどの筒状でまとまりのつかない包みを、スワンの意向などおかまいなしに寄こし、〝ハーツイーズ〟の外壁の、ちょっとした窪《くぼ》みへ片脚を持ちあげた。その姿勢は柔軟体操でもしているかのようで、膝のかたちの良さと脚の長さが際《きわ》だった。

髪を短く刈りこんだ項《うなじ》はすっきりと白く、衿もとへ結んだスミレ色と黄のボゥに映えた。鹿毛色《ファロー》のまじったブロンドの前髪は長めで、癖はない。うつむいたなりに毛先がそろい、少年がミリの単位にこだわって髪を切らせているのだと思わせた。肢体《したい》は見るからに敏捷《びんしょう》そうで、ありふれた身ごなしが人の目を惹《ひ》く性質《たち》の、洗練された少年だった。たかだか靴紐を結んでいるだけの仕草で、これほど注目させるのだ。

学校服はどことなく真新しく、制帽のバスクベレーをかぶらずに上着のポケットへねじこんであるのも、生徒一般の気質にそぐわない。見なれない顔だちや、流行に縁のない髪型の点でも、少年は転入生にちがいなかった。だいいち、容姿や体型において、年齢や学級が同じだろうと異なろうと、生徒数が今の十倍に殖《ふ》えようと、どうあっても見のがす筋の少年ではない。おそらく、きょうの式典にすら間にあわない急な手つづきで、転入してきたのだ。

靴紐を結び終えた少年は、すっくと立ちあがり、スワンと向きあった。靴の履《は》きごこちを確かめるようにつま先でコツコツと地面を鳴らし、そのあいだも眼線はそらさない。碧緑《ジェード》の睛《ひとみ》には、放射状の鮮明なハイライトがはいっている。めずらしい白斑眼《ファキュラ》だ。電磁波研究衛星の滞在者の家族に遺伝しやすいと書いてあったのはどの科学雑誌だったかを思いだそうとして、スワンは小骨がつかえた気分になった。喉まで出かかって、わだかまった。表紙の絵柄まで思い浮かぶのに、雑誌名が出てこない。

「やけにイカさない髪型をしてるな、」

いきなり少年の手が伸びて、スワンのバスクベレーを奪いとった。たった今まで、そのベレーを額《ひたい》の生《は》えぎわから耳まで隠れそうなほど深くかぶっていたのである。とやかく云われるほど、髪は見えていなかったはずだ。スワンは、同じ科白《せりふ》をそっくり少年に返してやりたいくらいだったが、初対面の相手に喧嘩を売るほど向こう見ずではない。憮然《ぶぜん》として預かった包みを突き返すに止《とど》めた。少年はうけとった包みを、こんどは無造作に〝ハーツイーズ〟の外壁へ立てかけた。ぞんざいに、といってもよいくらいだ。その態度は、いっそうスワンを憤慨させた。

「下へ置いてもかまわない荷物なら、はじめからそうしろよ。なんで、ぼくに持たせたんだ。だいたい、有無も云わせず預けておいて、感謝のひとこともないってのが気に入らないな、」

「ありがとう。感謝するよ。先刻《さつき》の親切にたいして、」

外国語を、出来の悪い訳文にしたような云いぐさだった。

「……そうじゃないんだよ、」

そもそも、スワンは未知の相手を苦手とする。彼の毎度の水ぶくれを疥癬《スカビア》などと茶化さないかわりに、目配せだけでこと足りる直通回路もない。それにしても、会話はまるで咬《か》みあわなかった。同年代の少年を相手に、これほどの隔たりを感じるとは、スワンも意外だった。ただし、不毛な諍《いさか》いをしたくない彼は、てっとりばやく退散することにした。それが学校生徒の作法でもある。道端で予定外の出逢いをした猫が、カミング・シグナルを発して、背中を向けあうのと同じだ。だが、歩きだすまもなく、スワンは腕をつかまれた。

「ぼくの顔に見おぼえは?」

「……全然ないよ、」

途惑いと憤りのいりまじった中途半端な口ぶりとひとしく、スワンはつかまれた腕を解いて立ち去るべきか否かもきめかねた。ごく一般的な生徒の感情として、転入生への多少の興味もあった。あきらかに学校内での勢力分布に影響をおよぼすたぐいの少年だ。彼の出現によって、休暇明けからはじまる学期は、やや混乱するだろう。

「OK、重症だな。きみはもともと世話の焼ける王子さまだから仕方がない。あらゆる身仕度を、ピエロに任せるんだからな。髪型や服装も、いつもぼくらが面倒を見たんだよ。だから、きみに関するどんな些細《ささい》なことも、たいがい知っている。」

これほど唖然《あぜん》とした経験は、スワンもはじめてだった。見ず知らずの少年に、身仕度を任せたおぼえもさらさらなく、いったい何を根拠に彼がこんなばかげたことを口走るのか、想像もつかなかった。

「転入生のきみが、ぼくの何を知っていると云うんだよ。」

すると少年は、思わせぶりな笑みを浮かべた。

「……そうだな。たとえば、どの感染症にたいしてすでに免疫があり、どの細菌やウイルスに過剰反応するか、色素や匂いの成分保有率はどのくらいか、……体温が何度になれば保温器《エッグ》が機能するかってこともわかる。それにね、これが肝心な点だけど、ぼくは転入生じゃないぜ。中級学校へ進学したときから、つまり二年前から、きみとは同じ学級《クラス》だ。……ヒヴァたちともね、」

澄ました顔をしてみせる。学校は習熟度別の級《クラス》分けで、スワンとヒヴァは三年つづけて同じ級だった。上位組である。

「……ぼくはきみなんか知らない、」

「ああ、だけどそれはきみが忘れっぽいだけのことさ。学級の連中は、ぼくの主張を正しいと云うだろうし、きみが発作的健忘症なのも先刻ご承知だ。案ずるにはおよばない。きみは今までどおりにふるまえばいいし、皆、寛容に接してくれる。……気の毒にな、またいつもの発作だろうって、いたわってくれるさ、」

「人を、……病人あつかいする……な、」

腹立たしさのあまり、スワンは声を上ずらせたが、少年は相変わらず落ちつきはらっている。スワンとしては、縄張りへあらわれた上位の侵入者にたいして、怯《おび》えながら抵抗してみせる瘦《や》せ猫の気分だった。そんなのは、めったにある状況ではない。学校服を着ているかぎり一目置かれる存在の彼が即座に負けを認める相手は兄だけだ。

しかし、春分祭の休暇明けに学校へいけば、少年の云う状況が事実になる直感もあった。少年が、どんな手を回したのかはスワンにも解らない。ただ、発作的健忘症の患者として扱われるのはまちがいないのだ。

「……旋毛《つむじ》があるだろう、」

身をかわす間もなく、スワンは少年に生《は》えぎわを撫《な》でられた。そんな仕打ちは、まちがって生徒代表になり、式典の壇上で来賓《らいひん》の接吻をうけるよりも侮辱的だ。しかし、相手を殴ろうとしてふり出したスワンの拳は、あっさり退けられた。少年の睛《め》の中の白斑眼《ファキユラ》が、そこだけ星形に白く浮きあがってスワンの脳裏へ灼《や》きついた。まばたきをしても消えず、少年は悠々とスワンの生えぎわを指先でたどった。

「ほら、ちゃんと甲虫紋《スカラベ》があるじゃないか。王子の徴《しるし》だぜ。それらしく見せる髪型にしないでどうするんだよ。」

路上でこんなふうに生えぎわを暴《あば》かれたスワンは、完全に恐慌をきたしていた。級友たちはむろん、ヒヴァにさえ気づかれないよう隠し通してきた奇っ怪な旋毛《つむじ》を、初対面の転入生に見透《みす》かされるとは思いもしない。うろたえたスワンは、ふたたび少年に殴りかかろうとして、逆に繃帯を巻いた左腕をつかまれた。

「……離せ、疥癬《スカビア》が伝染《うつ》ってもしらないぜ、」

兄のカイトに聞かれたら、すかさず打《ぶ》たれそうな言動だった。すぐれた身体能力を持つゆえにむやみな暴力はふるわない兄ではあったが、口ごたえと悪態には手厳しい。思慮分別のない発言もきらった。スワンがそんな態度をとれば、容赦《ようしゃ》なくぶつ。

「心配無用だ。伝染《うつ》るわけがない。これが何だか、わかってるのか、」

「だから疥癬《スカビア》だよ、」

思わず大声になったスワンの口を、少年は手で軽くおさえた。

「きみは王子なんだから、そういう聞きづらいことばを軽々しく口にするのはよせ。つきそいのカイトがどんなヤツか知らないが、そんな悪態をよく許してるな。彼に代わって鞭《むち》をあててやろうか。王子の躾《しつけ》には、それなりの様式美が必要だ。そのためにアレを持ってきたんだぜ、」

少年は〝ハーツイーズ〟の外壁に立てかけた細長い包みを指した。

「……なに、」

「鞭だよ。Sial《地上》の伝説によれば、王子さまをぶつ道具は、エニシダの束ときまっているのさ。これは、きみが行方不明になる直前に復活させた植物だ。きみが眠る装《ゆり》置《かご》のなかで、はじめて花が咲いたときは、以前にサイキック・シネマで観た蝶の羽《う》化《か》みたいだと思ったよ。さなぎを脱いだ後も、しばらく枝にとまって湿った翅《はね》をかわかす風情なんだ。もっとも昏が過度にフェティッシュな存在だったSialでは、蝶が蜜を吸うって比喩のほうに重点をおくらしいけどな。」

解いた包みの中から、蝶型の黄色い花を咲かせたエニシダがあらわれた。撓《しな》う枝に、黄金の翅が群れ咲く。

「持ちこんだときはまだ蕾《つぼみ》だったけど、王子の気体《アトモス》に反応したんだな。長旅ですっかりくたびれてたのに、きみがほんの少しだいてやっただけでこのとおりさ。プロトチュウブでスワンミルクをあたえてやれば、枝分かれだってするぜ。もっとも、今のきみにミルクの蓄えがあるのかどうか、それはまだ調査してないけどね。……同調ごっこをして触れてみればわかるけど、いきなりでは驚くだろうと思って遠慮してるんだ。王子だという自覚もないようだし、」

「……王子って……誰が？」

「きみはね、SWAN-LAKE《スワンレイク》 COLONIAL《コロニアル》、通称群体《コロニー》Sの第一王子なのさ。その繃帯で何を隠してるのかぐらい、こっちはお見通しだ。……芽が出てるんだろう、」

　少年はスワンがひた隠しにしている水ぶくれの、実際の症状をあっさり云いあてた。

「……何だよ、きみは、」

「ピエロ・α《アルファ》さ。ぼくらはこの睛《め》の白斑眼《ファキュラ》のせいで、みんなピエロと呼ばれてる。ツノメドリに似てるからだ。α《アルファ》は職能級で、今はぼくを指す固有名詞になってる。でも、地位は入れ替わるから、次の査定後のぼくがα《アルファ》と呼ばれているかどうかは、わからない。きみが、そんなふうだとなおさらね、」

陽のかたむきつつある街路に、白い火屋《ほや》をかぶせた提灯《ランタン》がともりはじめた。目ぬき通りは、やがてゆるやかなのぼり坂となって、その先のロータリーへとつづく。提灯《ランタン》の間隔も、遠のくほど密に連なり、街灯のあかりや軌道バスの前照灯とあいまって宵闇《よいやみ》に潤んだ。人波は、ロータリーと競技場のある方向への動きが本流となっていた。診療所へいくつもりのスワンとは逆向きだ。

「悪いことは云わない。切開するなら今のうちだぜ。ぼくの嗅覚は《超《リープ》》の時差で多少鈍くなっているから、正確ではないけど、この匂いはおそらくスター・プランツだ。王子の躰《からだ》から最初に芽を出したってことが神話的に語られる植物だけど、世代交代を重ねた今では、どんな無能の王子にだって、王子でありさえすれば殖《ふ》やせるんだ。だから、ぼくたちはこんなつまらない種子をあえてきみには使わなかった。……繁殖力が旺盛で、一晩で茂みになってしまう猛烈なヤツさ。ほどなく、きみの躰はこの状態を正常だと判断して、ところかまわず芽吹くようになるぜ。手のひらだけでなく、耳の下だの鳩尾《みぞおち》だの、躰じゅうのやわらかいところを狙って次々に芽を出すのさ。おまけに蔓草《つるくさ》だ。手あたりしだいにからみつく習性だから、ほうっておけば、きみは身動きがとれなくなるだろう。絶滅植物復活委員会が、手間いらずの初心者用園芸品種としてとり扱っている花さ。プランターへほうりこむだけでいい。新しいキャビンへ越したばかりで、殺風景なのが我慢できないという向きにはうってつけだ。なにしろ蕾《つぼみ》の数が半端《はんぱ》じゃないからね。……困るだろう、そんなありさまになったら。だから、切ってやるよ、」

いつのまにか、少年は小型ナイフを握っている。スワンはぎょっとして逃れようとしたが、さらに強く手首をつかまれた。

「離せよ。よけいなお世話だ。ぼくはこれから、医者へいくのさ。」

「……へえ、これを治す医者がいるのか。いったい何者なんだ、そいつ。《超《リープ》》先での滞在を許可された越境者か、」

「きみには関係ないだろう、」

ようやく少年の手をふり解《ほど》いたスワンは、〝ハーツイーズ〟の飾り窓にならぶスミレのケーキを一瞥《いちべつ》して遠ざかった。史上最悪の誕生日になりつつある。忘れられるだけならまだしも、妙な少年にからまれて生えぎわの秘密まで暴かれる始末だ。今ごろ、ヒヴァは家族とともに〝ネスポーラ〟の夕食に舌鼓《したつづみ》をうっているのだろうと思えばなおさら、情けない気がした。

003

Topic news 絶滅植物③
ヒヤシンス　Hyacinth《ヒヤシンス》　学名 Hyacinthus orientalis
（Apocalisse di Pianta Lista-Li-008-5763）

伝説に由来する名を持つ植物の中には、長い年月のあいだに、その名の示す花が変化してしまったものがある。絶滅植物復活委員会が苦労するのは、まさにその点なのだ。ヒヤシンスの場合も、二十四世紀末に野生最後の個体が確認されて以来、文献だけが独り歩きをした。われわれを惑わせたのは、伝承による次のような記述だった。〈太陽神アポロンと西風の神ゼピュロスの双方に愛された青年ヒュアキントスは、自らはアポロンのほうを好んだ。それに嫉妬したゼピュロスの奸計《かんけい》で、青年は太陽神の放った円盤に頭を砕かれて命を落とす。憐れんだ太陽神は、ヒュアキントスの血の中から青い花を咲かせ、青年の名を冠した。花びらには、青年の最後の叫びにちなみ、aiという文字が刻印されている〉

だが、われわれが〈超《リーフ》〉によって球根《バルブ》を入手したどのヒヤシンスにも、花びらにaiの文字は読みとれなかった。さらに調査を進めていた最中に、惑星探査機ネプチューンのタイムカプセル（注　この名称は、時間を叙情的にとらえた時代の特性をあらわす）が漂流しているのをたまたま回収した〈超《リーフ》〉中のあるピエロによって、aiの謎は解けた。

タイムカプセルに収まっていた“Botanical garden《植物園》 2007”という本に拠《よ》れば、ヒュアキントスの血から生まれた花は古来アヤメ科のアイリスを指していたが、やがてユリ科のヒヤシンスへと変化する。アイリスの中には、ユリ科と同じ鱗茎《りんけい》を持つ種もあり、しだいに混同されたのだろう。また、ヒヤシンスには〝書かれていないもの〟と呼ばれる徴《しるし》のない野生種が存在した。結局、われわれの祖先はaiとは読めないまでも、特徴的な紋様があることをもって、ヒヤシンスを伝説の花と解釈したのだ。

こうした混乱は、ユダが首をくくった樹が、イチジクだのザクロだの茨だの松だの、あらゆる種類におよぶのと同じく、解釈の相違なのだ。それはつまり、三角と円、黒と白の間にさえ、明確なちがいはないことを示してもいる。

タイムカプセルから回収した件《くだん》の本の図版は、頭を砕かれた伝説を紹介したのと同じ頁《ページ》に、半裸で仰臥《ぎょうが》する青年の胸部から咲くヒヤシンスを描いている。その総状花序は青年の密《かく》れた器官（あるいは無いのかもしれないが）の象徴なのだ。〈AVIALY《エービアリイ》〉における王子の在り方を暗示してもいて興味深い。それにしても、二〇〇七年というはるかな過去の人々の情欲の含意《がんい》が、われわれと似かよっているのも考えものである。

ところで、根茎や鱗茎をふくめた広義の球根《バルブ》の培養ができる王子はかぎられ、その数はごく少ない。王子は、一群のピエロで形成されたひとつの群体《コロニー》から、胎児のうちに分化する。そのさいごくまれに、ピエロ特有の器官であるエッグ《保湿器》を保持したまま王子として生まれる者がいて、その王子にかぎり球根の培養も可能なのだ。絶滅植物復活委員会は、球根植物の発芽を今後の重要課題とみている。

群体《コロニー》Sの第一王子は、エッグを有する数少ないひとりであった。いっそう、王子の一日も早い帰還が待たれる。なお〈AVIALY〉は、群体《コロニー》の動揺やピエロたちの不要な争いを避けるため、王子が〈超《リープ》〉事故をおこした年代と土地の正確な情報を公表していない。したがって、本欄①に記した二十二世紀という数値は、あくまでもANSA《アンサ》独自の情報源にもとづくものであることをお断りする（特派員Legno Ao-Site　ANSA発）。

河岸通りの真上へ、高速道路の円環が浮かんだ。夜天《そら》にはいくつかの星がまたたき、意味不明のシグナルを地上へ送ってくる。スワンは春分祭の喧噪《けんそう》をのがれ、架橋にそった薄暗い通りを歩いた。運河の水面《みなも》は、もうすぐ目の前にある。誰かが投げ捨てた紙吹雪のなごりが、ひとかたまりの波紋を浮かべ、のろのろと移ろってゆく。それでようやく、運河に流れがあるのだとわかった。

数匹の野犬が、ものかげで身をひそめる。狙いすまして吠《ほ》えかかり、スワンが飛びのいて運河へ落ちるのを、見物したがっているかのようだ。古びた救命ブイが、埃《ほこり》をかぶったまま架橋のところどころへ結びつけてあるが、溺れた人間の役には立ちそうもない。この不用心な隘路《あいろ》には、救命ブイを投げこむ通行人がないのだ。

おかげで、以前歩行中に水ぶくれが破裂して怪しげな芽を吹いたときも、診療所へ駆けこむまで、誰にも見つからずにすんだ。医師が即座に「切開だ」とつぶやいたのをおぼえているが、麻酔から醒めたときは、すでに処置はすんで繃帯《ほうたい》をまいてあった。級友たちに「麻酔なしで切る」と云ったのはスワンの嘘で、疵《きず》が小さいにもかかわらず、いつも必ず全身麻酔だ。意識が戻ったときには手のひらの小さな治療痕を目にするだけだ。

スワンが予約をいれた診療所は、高架下の一画にあった。扉の天井部分にとりつけた半円窓《ルネット》は古めかしく、何色かの色硝子《ガラス》で細工をほどこした部分が、煤《すす》のせいでほとんど同じ色に見えた。くわえて頭上の高速道路の震動が内部へそのまま伝わる劣悪な環境だった。無免許の医師ではないかと、疑いたくもなる。しかし、玄関をはいってすぐの壁に、国際免許を取得したISFA《イスファ》公認の医師であることや、難関で知られた世界機構大学の医学部を上位の成績で卒業した旨を記したプレートを掲げてあった。

夜間灯の照った回転扉をあけたスワンは、予想に反して込みあう待合室を呆然《ぼうぜん》とながめた。ふだんなら市松にリノリュウムを敷きつめた室《へや》は、陣取りゲームができそうなほど閑散としている。しかし、室内灯が青白くともった真下には、堅い椅子で順番を待つ患者がひしめき、座る場所もない。

保護者につきそわれた学年の小さい子や幼児が大半だ。それも熱っぽい顔のぐったりした子どもばかりだった。ほとんどの子に発疹《ほっしん》が出ている。春先のわりにまだ気温はひくく、悪性の風邪が流行しやすい。祝祭の浮かれ騒ぎの一方で、診療所もまたべつのにぎわいを見せていた。窓口は外来の応対と処方箋の手渡しで、せわしない。

スワンは、受付係の手があくのを待つあいだ、一通の手紙を開封した。けさ登校前に郵便受けからとりだし、そのまま持ち歩いていたものだ。宛て名はスワンになっており、差出人はS／U《エスユー》境界市の総合病院である。

一葉の紙片が出てきた。それは出生証明を発行した病院の慣例で、誕生日の子どもへ贈る祝辞だった。ISFAが事実上の最高機構になって以来、加盟する地域の住民は、種族国籍を問わずすべてコンピュウタの管理下へおかれた。

生活上の制限はないまでも、居住都市の転入出は正確に記録される。先ほどの少年がスワンにたいしてどんな嘘をつこうと、登録名簿を調べれば、すぐに事実は判明する。そこには彼が市外からの転入者であり、何月何日をもってS／U境界市に登録されたかを記してあるはずだ。

「親愛なるスワン、十三歳の誕生日おめでとう。

記念にきみが生まれた日の、ちょっとしたできごとを教えよう。あの日は三月にしてはとても寒く、季節はずれの雪が降った。そのせいかどうか、穀物貯蔵衛星として静止軌道上にあったウ型G級—1007の制御がきかなくなり漂流をはじめたのだ。われわれは衛星プランテーション〝ピアンタジオ〟で栽培するための貴重な種《たね》籾《もみ》を失ったが、いずれ漂流物を回収した誰かの役に立つ日もあろう。

ところで古い云い伝えによれば、春の雪は、花と豊饒《ほうじょう》の女神フロラの乳《ミルク》にたとえられることから、その日に生まれた子どもには、しばしば不思議な力が宿るそうだ。指を触れるだけで、しおれた花を蘇らせ、堅く閉ざした蕾《つぼみ》をほぐす。それは、あくまで伝承だが、雪に見立てた白いケーキを春生まれの子どもの御祝いに贈る習慣は、フロラ伝説をふまえたものだろう。

三月生まれの子どもは、ふだんは目に見えないスミレ色のもやをまとっているそうだ。それは春先の雪の朝にだけ、まだ誰も踏みしめていない新雪の上に影といっしょに映して見ることができると云う。もし、近々雪が降ったら、試してみるといい。きみに幸運が訪れるように」

十三歳の、しかも成績上位の少年にあてた祝辞にしては、ファンタスティックに過ぎるこの文面は、むろん医師の手によるものではない。役人歴十七年の帳簿係なみの、やや応用に欠ける情緒指数を発達させた総合病院の知的コンピュウタが、故事来歴などを参考にひねりだした文章だ。

誕生日が同じなら、どの子も宛て名を差し換えただけの、同じ文面の祝辞をうけとる。ほとんどの受取人は開封さえもしない。きょうこれを読んだのは、おそらくスワンだけだろう。彼はそれをふたたびポケットへしまい、診察を申しいれる人の姿がとぎれたところで受付へ顔をだした。

処方箋書きに追われる受付係は、しばらく待たせたあとで顔をあげ、スワンと目があって少しだけ笑みをもらした。たびたび通ってくる彼を、見おぼえているという意味だ。ペンを持つ指先が、洋墨《インク》で青くなっている。

「ごめんなさいね。きょうは風邪《かぜ》の急患が多くて、この通りのありさま。悪いけど、もうしばらく待ってもらえないかしら。二、三人ずつ診察室へはいってもらって、それでもこの状態なのよ、」

患者とつきそい人であふれた待合室は、すでに先ほどからスワンの決心を鈍らせた。水ぶくれから、またしても奇《き》っ怪《かい》な種子があらわれて皮膚と癒着《ゆちゃく》したあげく、ついには発芽したなどという症状の治療を、こんな大勢の前で申し出る気にはなれない。こっそり切除してもらうつもりで訪ねたスワンは、早々と退散をきめた。

「べつの日に出直します。痛むわけではないし、あとの用事もあるので。」

遅くとも八時までには帰宅するよう、兄に念を押された。そこまでに、食事をとっておく必要があった。時刻はすでに七時に近い。スワンは繃帯を巻いた手をポケットへしまいこんだ。

「そうしてくれると助かるわ。痛むようだったら電話してちょうだい。なんとか鎮痛剤くらいは医師《せんせい》に処方していただくから、」

受付係は、モニタの緊急通信の呼び出し音にせかされながら早口で云い、次の患者の応対へ移った。診療所を出て歩きだしたスワンは、せめて当座の痛み止めだけでももらうべきだったと後悔した。心なしか、患部が疼《うず》く気がした。見ず知らずの少年に、繁茂するなどと予告され、その心理的な影響なのだとすれば、つくづく腹立たしい。

スワンは運河沿いの路《みち》をそれ、自宅へ戻るためにふたたび街の目ぬき通りへ出た。前方で人だかりのしているところは、交通網の起点が集中するロータリーで、地下道への出入り口がある。緑地帯《ターフ》をはさんだ向かい側が電氣会館だった。

スワンが兄とふたりで暮らす家はその東棟の最上階だ。しかし、舗道は祝日をたのしむ群衆であふれかえり、思うように前へ進めない。ただでさえこみあうロータリーは、緑地帯《ターフ》にすえつけた大画面《スカイヴユウ》を見ようとして立ちどまる人々でなおさら滞った。彼らは、試合前のウォーミングアップをする選手たちの中継映像を目で追っているのだ。画面にはカイトの姿があった。

今夜は地元の競技場での試合だ。インタヴュアーにマイクを向けられたカイトは、淡々とした口調で勝利を確約した。人によっては不遜にうけとられることばも、彼が口にする場合には好意的に判断される。カイトは、そういう特質を持つ若者で、二十歳になったばかりとは思えない落ちつきがあった。めったに笑顔を見せないながら、敬遠されもせず、琥珀《アンバー》色の哀感をおびた睛《め》で観衆を魅了した。画面では解らないが、ボディスウツのキャップでおおった髪は銀糸のまじる端麗な亜麻《フラックス》色だ。それが、やや褐色の肌とあいまって、見る者の目を惹《ひ》きつけて止まない。

「……待てよ、その匂い、」

すれちがいざま腕をつかまれたスワンは、かたわらをふり向いて目を剝《む》いた。先ほどの転入生が、またしてもあらわれたのだ。いったん家へ戻って着がえたらしく、首まわりと袖口に毛羽だったファスチアンの縁《ふち》飾りがついた鳩羽色《はとばいろ》のセーター姿だ。それに濃紺のフラノズボンという服装で、小憎らしいほどよく似あう。まだ肌寒い季節にもかかわらず、外套は着ていない。白斑眼《ファキュラ》の宿る独特の睛でスワンを見すえ、眉をひそめた。またしても、その睛《め》に惹きつけられたスワンは、あっさり帽子を奪われた。

「なんて髪型をしてるんだ。みっともない。寝ぐせがついてるのか、」

少年は、スワンがせっかく時間をかけて耳の後方で整えた三角翼へ、何の断りもなく手をふれた。一日に二度もこんな目にあい、しかもそれが誕生日の晩のできごとなのかと思えば、スワンはあまりにも情けなく、憤る気力さえ萎《な》えてくる。思わず溜め息をつき、少年の手をふりほどいた。

「かまわないでくれよ。ぼくが自分でいいと思っているんだから、それでいいじゃないか。どうして何度もきみにとやかく云われなくちゃいけないんだ。ばかにされるのは一度でたくさんだ。それとも同じ相手を何度も追いまわすのが、きみのやりかたなのか?」

スワンの訴えに、相手はいくぶん途惑いを見せた。

「……何度もってことはないだろう。この街で逢うのは、今がはじめてだ。けさから探し歩いて、やっと見つけたんだ。……あの眠り王子が、こんなふうに歩きまわっているなんて、信じがたいけど嬉しいよ。それに、口もきくし、意思表示もする、」

「あたりまえだろう。……何を云ってるんだ、まったく、」

少年の言動が、スワンにはさっぱり理解できない。転入生にありがちの過度の好奇心を示しているのだとしても、スワンとしては、旋毛《つむじ》や水ぶくれのことなど、きょう逢ったばかりの人物にたびたび指摘されたくはなかった。

「……悪いけど、きみの話はよくわからない。ぼくとはまるで縁のない王子の話をしてみたり、きのうまで学校では見かけない顔なのに転入生ではないと云ってみたり。いったい、なにが目的なんだ？」

怪訝《けげん》な顔でスワンを見すえた少年は、何かを思いついたように碧緑《ジェード》の睛《め》を閃《ひらめ》かせた。

「なるほど、さては出遅れたってわけか。β《ベータ》かγ《ガンマ》か知らないが、彼らがぼくの先をこして、きみに接触したんだろう。栄養不足で体調不良なものだから、《超《リープ》》後の細胞融合がうまくいかない。今だって膝の具合がおそまつで、歩くたびにぎくしゃくする。……ほんとうは来るつもりじゃなかったのさ。だけど、ANSA《アンサ》の特派員報告で王子とそっくりのきみが画面にあらわれたのを見て、じっとしていられず確かめに来たんだ。甲虫紋《スカラベ》があるなら、王子にまちがいない。……きみが先に逢ったヤツは、ぼくとは別人だ。……何と名乗ってた？」

「……アルファ、……ピエロ・α《アルファ》だったと思う、」

話の途中で、スワンの水ぶくれがいよいよ疼きはじめ、はっきりと痛みを感じるようになった。彼は、早々にこの場をきりあげ、家へ戻りたかった。今夜は軽い睡眠薬をのんで眠り、翌朝あらためて診療所へいくというのが、スワンの出した結論だった。

「ピエロ・α《アルファ》は、今のところはまだぼくの名称だ。正式に降格は云い渡されていないからね。」

「正式だろうとなかろうと、ぼくには関係ない。ともかく、きみとそっくりなんだよ。双子だか三つ子だか知らないけど、ぼくに区別がつくわけがないだろう。まちがわれて不服なら、名札でもつけたらどうなんだ。」

「……心外だな。彼らとぼくの区別がつかなくなってるのか。前はちゃんと見分けたのに、」

そう云われても、スワンが見おぼえている少年と目前の少年とは、放射状に鮮明な白斑眼《ファキユラ》が入る碧緑《ジエード》の睛《め》や、鹿毛色《ファロー》のまじったブロンドを、あごの線よりもややみじかめに切りそろえた洒落《しやれ》っ気など、寸分ちがわない。一卵性の双子でも、これほど似ないだろうと思われた。複製としか思えない類似だ。

少年が首を動かすたびに、そろった髪がほぐれ、白い耳が見えかくれする。少年は急に脚が攣《つ》ったらしく、やや引きずる動作をしながら手近な縁石へ腰をおろした。ちょうどよく並んだそれは、地下道へ下る階段の手《て》すりだ。

しかし、スワンもそれどころではない状況におちいった。繃帯のすきまから緑色の蔓が延びているのを発見して息を呑んだ。少年も注目したが、おどろいたそぶりはない。むしろ、了解ずみの表情を浮かべた。

「本格的に延びはじめたな。巻きひげが出ると、スター・プランツは爆発的に育つんだ。そんな繃帯くらい、簡単に突き破ってしまうよ。」

少年のことばどおり、スワンの手のひらで異変がおこった。繃帯をくぐりぬけた蔓《つる》は、たちまち二十センチほど延びあがり、さらに枝分かれして若葉をあらわした。茎は旋回しながら延びる一方、葉柄《ようへい》には正確な螺旋《らせん》をつくる巻きひげがあらわれ、スワンの腕や制服のちょっとした起毛をとらえてからみつき、蔓をささえた。上向きに延びるばかりでなく、枝垂《しだ》れ落ちる蔓もあり、いつしか小さな蕾《つぼみ》が点々と膨《ふく》らみはじめた。すべてが尋常でない速さで進んだ。

「蜜の豊富な漏斗《ろうと》型の花を、ひと株で八十近く咲かせるんだ。中に毬豆《いがまめ》のような雄しべがあって、花糸をのばして吊りさがる。先端の花粉の袋は乳白の玻璃《がらす》みたいさ。その様子を星になぞらえてスター・プランツと呼ぶんだ。……Sial《地上》にはない植物だよ。あるとき、ひとりの王子の躰の中から生まれたんだってさ。……もう神話になるくらいの昔話だ。むろん、そのころはまだ王子とは呼ばれていなかった。ごくふつうの少年のひとりだったのさ。スター・プランツはその少年の躰《からだ》から、……突然発芽したんだ。種子を蒔《ま》いたわけではなく、……いきなりだ。何かが発生したり、変化するときってのは、たいてい唐突なのさ。絶滅するのもね、」

耳をかたむけるどころではないスワンは、手のひらで蔓延《はびこ》る植物を茫然とながめた。少年は相変わらず意味不明の語句ばかりを口にする。

「……きみは、いったい、」

「だから、ピエロ・α《アルファ》さ。αは職能級で、ほかのピエロとかちあった場合に、きみの躰を使う優先権は、ぼくにあるってことを示す名称なんだ。」

「ぼくは、べつに誰のものでもないよ。勝手にきめつけるな、」

スワンは憤然として云いかえした。躰を使うとは、尋常でない話だ。

「……拗《す》ねるなよ。そういうきまりなのさ。」

「そんなきまりをつくる権利が、誰にあるんだよ、」

「……権利の問題じゃなく、生態系なんだよ。過去のSial《地上》とちがって、鳥カゴに土は存在しない。……だから、植物を育てる方法として、鳥カゴにある有機的な資源を活用する方向へ……進化したのは、……合理的な選択だった。……それが王子ってわけさ。」

「鳥カゴ、」

「……悪い。少し……待ってくれ、」

　少年は具合が悪いようすで話を中断した。うつむいて目頭を手で押さえたまま三十秒ほど休み、また話しはじめた。

「……同じ日に生まれる一単位の〈子どもたち〉のことを……群体《コロニー》と呼ぶんだ。特定の割合で王子とピエロに分裂する。蜂などの膜翅目《まくしもく》の生物と似て、……あたえられる食べもので身分も変わるんだ。群体《コロニー》は王子を養うひとつの装置《ゆりかご》をあてがわれ、そこを中心に生活する。ピエロは複数体だけど、〈成年期〉には単体となって別の群体《コロニー》へ移り、そこにいる王子と交配する。……《AVIALY《エービアリイ》》には、……それが鳥カゴの正式な呼び名だ。そういう群体《コロニー》がいくつもある。……ところで、ANSA《アンサ》のカイトは、当然きみの存在を確認してるんだろう。どうして《AVIALY》へ何も報告していないんだ。彼はどこにいる?」

　スワンはロータリーのどこからでも視野に入る大画面《スカイヴュウ》を示した。先ほどから、しばしば映るカイトの姿を、少年は少しも気づかずにいたらしい。このS／U境界市に住む少年で、今夜の開幕戦を気にしない者があるとは意外だった。少年は、ふたたび画面に登場したカイトを、こんどは熱心に見すえた。

「……あれがカイトか。目立ちすぎる男だ。ANSAの特務員は《超《リープ》》の行方不明者の捜索が任務で、土地の人間だと思わせるためにも、本来は地味な顔立ちが無難なんだ。あんな美貌でなくてもいい。おまけにハイパーフットボール選手とはあきれる。……こうして王子の身柄を確保してるくせに、帰還しないってのも解《げ》せない。……何かほかに目的があるんだな。ふつうなら、始末書ものだ。ANSAに派遣されてるってことは、……迅速《じんそく》に任務を遂行する義務を負う。……どういうつもりなんだろう、」

敬意や憧憬《しょうけい》を抱くそぶりも見せず、カイトにたいする少年の口調はまるっきり同等だった。兄との隔たりを常に感じているスワンには、とうてい真似のできない態度だ。そのうえ、容貌がととのいすぎるのを非難されたのでは、カイトも立つ瀬がない。

「兄を知ってるのか？」

「……いや、知らない。顔を見るのもはじめてだ。特務員は捜索専門だから、《AVIALY》を出ていることが多いのさ。……あれほどの人物とは思わなかった。あの容姿なら、一度逢えば忘れない。……褐色の肌に琥珀色《アンバー》の睛《め》か。……髪はキャップをかぶって見えないけど、ブロンドかな、」

「亜麻色《フラックス》だよ。銀糸が混じってる。肩まで不ぞろいに伸ばした癖のない長髪で、それが野暮天《やぼてん》にならないのさ。……いるだろう？　ロマネスク趣味の度がすぎて厭味《いやみ》なヤツって。」

スワンの云い草に、少年も微笑を返した。

「ANSAの特務員は別格だって聞いてたけど、想像以上だ。……頭脳と身体能力の両方で高いレベルを求められ、重力適応性と動体視力値の基準も厳しい。おまけに《AVIALY》の上層部と互角にわたりあうだけの巧みな理論派でなくてはいけない。それにしても、王子を弟あつかいしてるとはね。……いいか、王子。以前のような、装置《ゆりかご》で眠るだけの状態に戻りたくなければ、少しは警戒をしろよ。カイトはきみの兄でもなんでもない。《AVIALY》が派遣したANSAの特務員だ。《超《リーフ》》中に事故をおこした王子やピエロを《AVIALY》へ連れ戻すのが、彼の任務なのさ。……ふたたび装置《ゆりかご》で眠りに就きたくなければ、一刻も早くここから逃げろ。」

一方的な思いこみによる空想話に、スワンはもうこれ以上耳をかたむける気はなかった。ロマンチシズムが苦手な彼としては、夢想家を友人にするのは願いさげなのだ。

「いいかげんにしてくれ。完全な人ちがいだよ。ぼくは王子なんかじゃない。スワンって名前があるんだ。」

スワンは、少年の手をふりはらって歩きだした。

「待てよ、怒らずに話を聞け。スター・プランツを、そのままほうっておくのはよくない。たぶん、うっとうしくて眠れなくなる。それに重いだろう？　切ってやるから、手を出せよ、」

少年が肩へ手を掛けようとするのを、スワンは邪険にふりほどいた。

「ぼくにかまうな、」

スワンとしては、軽く手で退けたつもりだったが、少年はバランスを崩し、舗道へ膝をついて倒れた。スワンは手を差しのべたが、少年は自嘲ぎみの笑みを浮かべて辞退した。

「……独りで立てるよ。王子に助けられるとは、ぼくもおちぶれたものだな、」

「スワンだよ。王子なんて、呼ばれたくない。」

立ちあがった少年は、スワンの足もとへ目をやり、舗道へ引きずるほど延びたスター・プランツの蔓をたぐりよせた。

「切ってやるよ、」

少年が取りだしたナイフを見て、スワンは即座に飛びのいた。

「さわるな、」

「だって、……このままでは邪魔だろう？　ただ、これを切れば、髪が伸びるかもしれないけどね。きみの躰は領域をへらされたと判断して、べつのところへ養分をまわすんだ。王子にとっては、発芽した時点で蔓も葉も花も、躰の一部だ。手脚の延長なのさ。……だから、繁殖のじゃまをされたと感じて過剰反応するんだよ、」

「さわるなと云ったんだ、」

　語気を強めて云うスワンに、少年は顔を曇らせて手を放した。

「……わかったから、そんなに怒るな。ほら、きみが怒ると、よけいに繁るんだ。熱量がふえるからさ、」

　そのことばどおり、蕾や葉の数が目に見えて殖えた。ロータリーでは不意にどよめきがおこり、群衆が見あげる大画面《スカイヴュウ》が消えた。いよいよ試合が始まるのだ。今夜の試合の切符を買えなかった人々は、自宅の有料放送で中継を見るしかない。祝祭の余韻をたのしんでいた人々も、大画面《スカイヴュウ》の映像が消えるのを機に移動をはじめた。中継受信機つきの高速バスが、郊外を目指して走ってゆく。

　電氣会館の南棟はロータリーに面して建ち、最上階の食堂のあかりが横一列にならんで見えた。今夜、スワンはそこで夕食をとるつもりだ。彼の後へ少年が追いついてきた。

「花が咲きだしたら眠くなる。それまでに、横になる安全な場所へ戻るんだ。……でないと、手当たりしだいに蔓がからみついて血液の循環を鈍らせ、指先が壊死《えし》する……場合も……、」

「ご親切にどうも。そう云うきみこそ、早めに家へ戻ったほうがいいんじゃないのか。顔色が悪いぜ、」

「……たぶん、……そうだな、」

「なんだよ、たぶんって。変なヤツ、」

スワンは少年と別れて歩きだした。

004

Topic news 絶滅植物④

ネムノキ Silk flower《シルクフラワー》 学名 Albizia julibrissin

（Apocalisse di Pianta Lista-Mi-002-0927）

〈AVIALY《エービアリイ》〉の熱帯林センターでは、天色《そらいろ》の羽を持つカンムリバトを繁殖させているが、彼らの銀灰色の冠羽《かんう》によく似た植物が白色のネムノキである。花冠から飛び出して咲く雄しべや雌しべが羽飾りのように見えるものだが、本来は淡紅色《ときいろ》が主流。まれに銀灰色や、白色の花もある。

就眠運動をする植物として知られ、羽状の葉を夜に閉じ、逆に花は宵闇《よいやみ》の中で咲きだして、ほのかに匂う。この花の眠りのメカニズムは、われわれの王子の眠りと類似している。というより、王子の体質が植物の就眠運動と似通っていると云うべきだろう。ネムノキでは葉の基部に葉枕《ようちん》と呼ばれるふくらみがあり、その細胞の収縮が昼夜で異なるため、葉が閉じたり、開いたりする。

王子の場合は、躰の中へ蓄えた乳液（スワンミルク）がゲル状になる時間帯があり、それによって眠りが引きおこされる。また、培養中の植物の開花によっても細胞の収縮がおこり、眠りこんでしまう。王子の就眠中は、覚醒中よりも植物がよく育つため、多くの群体《コロニー》で乳液をゲル状にとどめておく装置を習慣的に用い、王子は常に眠りつづけている。もっとも覚醒していても、王子は主体的に知的活動や運動をする能力を持っておらず、とくに問題はおきていない。（特派員Soto《ソト》　Af-Site ANSA発）

午后七時。競技場で試合開始の表示灯《パイロット》が点いたちょうどその時刻に、スワンは電氣会館の最上階にある食堂へはいった。その区画に食堂はいくつかあるが、スワンが利用するのはいつも同じ舗《みせ》だ。窓の外に、ターコイズブルーの夜間照明に映えた競技場が見えた。カプセル型のフィールドをそっくり内包する建築物は、外周をとりまいて絶えず流れる電飾の効果によって、夜天《そら》を彩る大掛かりな噴水が出現したかのようだ。

食堂内には、四隅に刺繍《ししゅう》のある白布《リネン》をかけた円卓《テーブル》が十、運河畔を見下ろす温室風の露台に五つの鉄製《アイアン》円卓がおかれていた。だが、人影はない。いつもの晩なら、常連客でにぎわう時刻だが、彼らは幸運にも今夜の開幕試合の前売り券を手にできたか、家庭の受信機で生中継を見ているかして、この場にいなかった。

兄が留守の晩には、たいていここで食事をすませるスワンは、円卓のひとつへ窓に背を向けて腰かけた。誕生日を独りで過ごす彼のわびしい晩餐は、玉葱《たまねぎ》ぬきのオムレットと香草の味つけ麵麭《パン》だった。試合を見はぐれたことや、左手の異常事態のせいで、気分は晴れない。そのうえ眠くてたまらず、食欲もなかった。結局、スワンはおなじみの献立を注文したのだ。

試合経過はやはり気になる。彼はタブレット型のラジオ受信機を耳へあてがい、ハイパーフットボールの中継放送を聴いた。開始早々、地元チームは順調に得点した。カイトは観客の期待にこたえ、チームの司令塔としての役割をはたしている。ハイパーフットボールは制限時間内により多く得点したチームが勝利者となる。したがってボールを保持する時間をより長く稼ぎ、巧みなパスとハイスピードで対戦相手の守備陣をいかに惑わすかが、勝敗の鍵をにぎる。音声だけでは試合状況をつかみにくいが、湧きおこる歓声によって多少は推測できた。

フィールドはカプセル状の密閉された空間で、特殊訓練をうけた者しか適応できない超磁場となっている。体重移動のすべてにおいて、フィールド外での運動感覚は通用せず、専門性をきわめた競技だ。観客は透明なカプセルごしに試合状況を見つめ、防護スウツを身につけた選手はボールを前進させながら天地関係なく動いた。カプセルの一方の端がそれぞれのチームのエンドゾーンとなり、エリアを獲得しながら前進する。選手によって運ばれたボールの先端が、エンドゾーン内のどこかへ達すれば得点だ。守備側は相手選手の動きを封じ、攻撃権を奪い返そうとする。

楕円のボールは核《コア》を持つ特殊な三層構造で、それぞれに弾性と密度がことなった。また回転《スパイラル》や速度によって重心までもが変化する。そのため、ボールをリリースするさいの微妙な手かげんが大きな変化を生みだした。ボール自体の回転《スパイラル》と飛行曲線の連動は、さらなるエネルギイをつくりだす。

ボールが高速で飛ぶほど、相手チームの守備選手に奪われるリスクはへるが、味方のレシーバーもまた、うけそこなえば大きな衝撃《ショック》をうける。ボールごとカプセルにたたきつけられ、重大事故になりかねなかった。

実際に衝撃の影響で現役を退《ひ》く選手も少なくない。だが、安全装置はもうけてあり、致命的な衝突《クラッシュ》を引きおこす可能性がある場合は、カプセル全体を瞬時に凍結《フリーズ》させて回避する仕組みだった。その装置のおかげで、ハイパーフットボールが正式なプロスポーツとなって以来、まだ死亡事故はおきていない。

　選手に求められるのは身体能力の高さばかりではない。ボールの位置や落下点を瞬時に計測し、捕球における適正な速度を保つ解析力も必要だった。中でも司令塔であるカイトの役割は重大で、ボールの動きは彼の頭脳ひとつに左右されると云ってもよい。自ら高速移動しつつレシーバーを確認し、ボールの特性を生かした速度と回転《スパイラル》をあたえる。レシーバーとの呼吸が合わなければ、ボールは意味もなく飛ぶだけだ。

　観客は、生身の躰が跳躍し、加速する、極限の動きに酔うのだ。より速く激しい身体運動を求め、試合中に衝突《クラッシュ》や凍結《フリーズ》がおこるのをひそかに待ちかまえている。競技場は、センセーショナルな場面に立ちあいたいという欲望を生みだす構造的な要素をふくんでいた。そのくせ、まだ一度も衝突事故をおこしたことのないカイトは、身体能力の高さで絶大な支持を得た。彼の率いる攻撃ユニットは、リーグ最強の得点力を誇った。

　スワンは腕に蔓草《つるくさ》をからませたまま食堂へ来ていたが、彼に注目する人影はなく、学校生徒の気まぐれで植物を持ち歩くとでも思うのか、給仕や厨房係も注意をはらわない。まもなく注文した料理が運ばれ、スワンは眠気をこらえながら食事をはじめた。だが、どうにも眠く、スプーンを持つ指先はおぼつかない。口許《くちもと》へ運ぶまえにこぼしてしまう始末で、とうとう、ほとんどを残して食堂を出た。躰の動きもままならず、まるで酔客の足どりだった。あの少年が予告したとおり、蔓草の蕾《つぼみ》がひらくにつれて眠気も加速する。すでに一メートルをこえた蔓はスワンの左腕にからみつき、それでもまだ余って床へ垂れた。手のひらは全体が腫《は》れあがり、火照《ほて》っている。

時刻は七時半を少しまわったところだ。兄にうけとりを頼まれた荷物は、まもなく到着するだろう。自宅までは、電氣会館の棟と棟を結んだ連絡橋を渡るだけでいい。ふつうなら一分弱の距離だが、眠気で足もとの危ういスワンは、何度となく立ちどまりつつ、十分ほどかけてようやくたどりついた。蔓草の巻きついた腕は重く、持ちあげることさえできない。痺《しび》れるような感覚はしだいに首や肩へもひろまりつつあった。

スワンは自宅へはいるなりリビングルームへ直行し、長椅子で横になった。しかし、荷物が届くまではまだ眠りこむわけにはいかない。何度もうとうとしつつ、玄関ロビーのフロントシステムが、在宅確認のベルを鳴らすのを待った。暗証番号を伝え、荷物だけを搬送専用のリフトでうけとる仕組みだ。クロークへ預ける指示を出せば、不在でもかまわない。だから、兄があえてスワンを待機させたのは、何か意図があってのことなのだ。しかし、意識が朦朧《もうろう》としはじめたスワンに、それ以上の推測は不可能だった。

兄弟の家は、一部がロフトになった壁の少ない構造で、たがいの領分はあいまいだが、ふたりで使うには広すぎるほどの占有面積があり、場所の奪いあいはおこらない。基調は白で、床の化粧タイルやロフトへの階段、壁面、天井など大部分が白い。室内のふた手へ分かれたロフトのそれぞれを寝室として使うほかは、共用だった。ダイニングルームとリビングルームの隔てはなく、スワンの歩幅で十歩ほどの何もない空間が間仕切りがわりだ。

浴室は段差をもうけ、さらにエレヴェエタ部分が目隠しにはなるが、扉はない。さすがにトイレだけは個室で、嵌《は》めこみのクローゼットと同じ壁面にあった。しかし、それは主に来客用で、それぞれの寝室に個別のサニタリー・ユニットを持つ。

運河に面した室内の全長は五十メートルをこえ、天井もむやみに高い。室《へや》の片面がすべて窓硝子になったあけすけな構造だが、のぞかれたくない場所は硝子を発光させて、遮蔽《しゃへい》する仕かけになっていた。居住者はいつもどおりの眺望が得られ、外側からは発光する窓が見えるだけで室内のようすはわからない。スワンはその遮蔽《しゃへい》装置を作動させずに、競技場の建物が視野にはいらない位置に横たわって躰をやすめた。カイトの試合は気になるものの、あてにしていた二座席《ツインシート》がふいになり、いくぶん拗《す》ねてもいる。

スワンの視界に、S／U《エスユー》境界市の送電の要《かなめ》となる二基の電波塔があった。地上附近のオレンジから尖端《せんたん》の青まで、段階的に色分けした照明が夜天《そら》に浮かぶ。航空標《ビーコン》さながらに並んだ二基の中間点で、突然なにかが光り煌《かがや》いた。そのまま空中を突き進み、この窓へ向かってくる。眠気で思考力の鈍ったスワンにも、それが通常ではあり得ない飛行物体であるくらいは判断できた。

地上三十五階の中途半端な高さをよぎる航空機などないはずだ。ヘリコプターも、市内の中心街では高度を上げる規則だったし、近距離航空《コミューター》の航路もこのあたりにはない。鳥にしては大きく、しかも全体にスミレ色の光をおびている。滑空機《エアプレーン》ならば両翼につくはずの航空灯《ランプ》もなく、光源はひとつだった。高度を維持したまま、なんのためらいもなく近づいてきた。直進をつづければ、スワンの目前にある窓へ衝突するのは避けられない。スミレ色の煌きはますます眩《まぶ》しく、なにが接近してくるのかも、まるっきり見当がつかなかった。

るからな〉

〈……王子、そのまま長椅子でじっとしていろよ。円卓《テーブル》の手前へランディングさせるからな〉

突然、耳もとで鮮明な声がした。スワンはあたりを見まわしたが、身近に誰がいるわけでもない。彼が状況を理解するより先に、スミレ色の光が窓いっぱいにひろがり、室内は閃光《フレア》に包まれた。リビングルームを走りぬけた光は窓全体を反射させ、電氣会館の避雷針へ落雷をうけたときのように、建物はかすかな振動に包まれた。

侵入したのは光線だけではない。金属片がぶつかっても壊れないはずの強化硝子の窓をゆがめ、細長い物体が飛びこんできた。一瞬、硝子はシャボン玉のように膨らみ、次には流線型の頭部を包みこんで室《へや》の内側へ大きくはいりこんだ。物体は透明な粘性の皮膜と化した硝子をまとって、リビングルームの床へランディングしたのだ。硝子は網状組織《レゾー》となり、しだいに網目をひろげてゆく。やがて、消えてなくなった。

真っ白な変型卓をあいだへはさんで、スワンは眠いのをこらえつつなりゆきを見つめた。彼の意識が、かなり麻痺《まひ》していたのは確かである。侵入者から逃げ去ろうともせず、大声をたてもしなかった。流線型物体の全長は三メートル弱で、前よりにひとりかふたりが乗りこむらしいピットがある。ほかは継ぎ目のない純白の金属だった。

　不思議なことに、窓を突き破った形跡はどこにもなく、硝子ごしにもとどおりの夜景が見える。衝突の破砕音もいっさい聞こえなかった。ただ、室内に流線型の物体が侵入したのは確かで、それは、スワンのタブレット型ラジオ受信機を踏みつぶしている。被害といえばそれが唯一の被害だ。

　硝子のかけらひとつ落ちてはいない。スワンの目には窓を突き破ったと思えたが、どの窓もひびすらはいっていないのだ。それに、高層住宅の最上階へ航空機が突っこむという大事故にもかかわらず、サイレンひとつ聞こえてこない。真下のロータリーに見物人が集まる気配もなかった。各家庭では、ハイパーフットボールの中継にかじりついているとみえ、街はふだんより静かでさえある。

　スワンは、事態をのみこめずに、流線型の飛行物体を注視した。ピットの天蓋《キャノピー》も流線型物体の輪郭へふくまれ、なめらかな機体には翼もない。ただ、イッカクの牙《きば》に似たピトー管が突きだすだけだ。それも通常の流体速度測定器とはことなり、尖端が螺旋《らせん》になっている。スワンが正気なら、その思わせぶりなフォルムは興奮を呼ぶところだったが、今の彼は眠気のほうがまさった。

　ピットの乗員は天蓋《キャノピー》をあけ、伸びあがって外へ出た。バイザーつきのフェイスマスクをつけているため、容姿はわからないが、身長はスワンとほぼ等しい。服装は、全身真っ白なニットで、プルオーバータイプのトップに足首まであるスパッツを穿《は》いていた。靴も白だ。のびやかな手脚は、せま苦しいピットの中でさぞかし窮屈だったろうと思わせるほど長い。

侵入者はスワンが茫然と見すえる目の前でバイザーをあげ、フェイスマスクをはずした。それによって、スワンは再度おどろくはめになった。鹿毛色《ファアロー》の髪と碧緑《ジエード》の睛《め》を持つ少年は、ピエロ・α《アルフア》と名乗った先のふたりとまったく同じ容姿だった。髪型や躰つきも変わらない。

少年はスワンを念入りに観察した後で室内をひとわたり眺めた。

「カイトがいないな、」

「……今夜は試合だよ、」

スワンの声を聞いて、少年は目をみはった。

「驚いたな。なまいきに、いつからしゃべるようになったんだ？　それに、おかしな恰好《かつこう》だぜ。装置《ゆりかご》はどうした？　スター・プランツがそんなに延びてきたんじゃ、装置がなけりゃ、重くて仕方ないだろう。そいつときたら、むやみに繁殖するぶん蜜も多くて、すこぶる花が重たいときてる。」

確かに、蔓の重みでスワンの腕は痺れている。それればかりか躰じゅうも怠《だる》く、少年が遠慮もなしにスワンの前髪へ手を触れてくるのを、退《よ》けそこなった。

「なんて髪型をしてるんだよ。みっともない。せっかくの甲虫《スカラベ》紋が、だいなしじゃないか、」

「……ほっといてくれよ。……もう、たくさんだ。」

日に三度も生えぎわのことを指摘され、スワンもすっかり気分が腐った。たとえカイトに誕生日を忘れられたにしても、学校の式典に臨んでいたときには、スワンはまだ充分にきょうという日をたのしんでいた。彼は学校での成績もよく、自分なりの価値観や好みを明確に持っている。通俗化した流行には見向きもしないが、服装や髪型には彼なりの方針がある。三角翼つきの髪型は、その典型だ。転校まもない生徒に、とやかく云われるのは癪《しゃく》だった。

「ところで、カイトの試合ってのは何だよ、」

今夜は、よくよく奇妙な質問をうける日だ。カイトの選手としての人気は、S《エス》／U《ユー》境界市にかぎられたものではない。スワンと同年代だと推測できる少年から、そんな質問をうけるとは考えもしなかった。しかも、今晩すでに三度目だ。

「……きみたちは、さっきからいったいどういうつもりなのさ。兄に何の用があるんだ。今夜が開幕試合なのは、誰だって知っているじゃないか。兄に逢いたいなら、競技場へいけよ。」

「きみたち？」

少年は、スワンの意図とはちがうことばに反応した。

「……そりゃ、どういうことだ。見てのとおり、ぼくは独《ひと》りで来たんだぜ。見たところ、ほかのヤツの流線型装置も見あたらないし、」

「云うことまでそっくりだ。一卵性の三つ子ってのは性格も似るんだな、」

「誰が三つ子だって、」

「だから、その顔を見るのは、……きみで三人目だ。そっくり同じ碧緑《ジェード》の睛《め》、白斑眼《ファキユラ》、あごの線で切りそろえた鹿毛色《ファアロー》の髪、……細い首、長い手脚。……三つ子の兄弟じゃなければ、極度の分裂症なんだろう。だけど、……そんなのはぼくの知ったことじゃない。……眠いんだよ。……かまわれたくないんだ。……ほうっておいてほしい、」

「ふん、ほかのピエロも来てるのか。皆、考えることは同じだな。いち早く自分に有利なプラズマを注入して、王子を独占したいんだ。」

少年はまたしてもスワンの髪をなで、鮮やかな碧緑《ジェード》の睛《め》で見つめた。

「……ピエロ‐α《アルファ》だ。思いだせよ。また、以前みたいに流線型装置に乗って、あちこちへ一緒に出かけようぜ。王子と出かければ、先々で自給自足ができて食料の心配は要らないし、スワンミルクで水分不足も補える。」

「……ほかのふたりも、……ピエロ‐α《アルファ》だと云ってた、」

「だから、ここにいるのがほんとうのピエロ‐α《アルファ》さ。ほかのヤツは偽者《ニセモノ》だ。王子なら解りそうなものだけどな。そら、プロトチュウブを伸ばせよ。久しぶりに〈同調《シンクロ》〉しようぜ、」

「……ぼくは王子なんかじゃない、」

「いいか、よく聞けよ。先月の絶滅植物復活委員会の本部会で、群体《コロニー》Sのピエロ‐α《アルファ》は暫定扱いになったんだ。今後誰が正式なピエロ‐α《アルファ》になるかは、王子がきめるのさ。今はどのピエロにも優先権がないかわり、誰が先に〈同調《シンクロ》〉してもいいってことだ。早い者勝ちさ。だいたい、ピエロ‐α《アルファ》はきみを《超《リープ》》事故に遭わせた張本人だぜ。狩りにいくわけでもないのに連れだして、あげくの事故だ。以来ずっと行方不明だった。場所を特定できたのは、ANSAの特派員報告で、たまたま王子の姿が画面に映ったからだ。事故は偶発的であったにしても、α《アルファ》にも責任はある。本来は任を解かれたって文句は云えないはずなのさ。王子しだいでは、ほかのピエロがα《アルファ》に昇格できる。だから、みんなα《アルファ》を名乗るんだよ。いずれ王子が決めることだから、好きに名乗ってもかまわないのさ。……それにしても、王子に培養させるとさすがに成長が速いな。……スター・プランツってのが気にいらないけど、」

スワンの手のひらで発芽した蔓は、今や手に負えないほど長く延び、漏斗《ろうと》型の花を次々に咲かせた。玻璃《がらす》の星を思わせる雄しべも次々にはじけ、白い花粉が飛び散った。彼は腕を投げだしたまま、身動きできない。茎はすでに数本に分岐して、交《こう》叉《さ》しながら野放図に延び、長椅子の背や床を這《は》った。それがすべて、スワンの手のひらを起点としているのだ。

「……何時だろう、」

荷物はまだ届かない。スワンは時計を探したが、蔓に巻きつかれて首がまわらず、見つけられなかった。

「八時二十五分。」

そう云いながら、少年は白ずくめの服のポケットから、細身のペンナイフをとりだした。

「切ってやるよ。こんなものは、今さら商売にならないんだ。《AVIALY》ではすでに、ありふれた草だからな、」

「……かまうなよ。……ぼくが自分で……切る、」

少年の手を退《よ》けたスワンは、自らの領域であるロフトへ行こうとして、蔓をひきずりながら階段をのぼった。

「そいつは、よしたほうがいいと思うけどな、」

忠告を無視して、スワンは自分の机へたどりついた。壁へ嵌《は》めこまれたコンソールパネルに指をふれる。フラットにみえる机の一部がにわかにスライドし、用具入れがあらわれた。中に細身のナイフがある。スワンはそのナイフを使って、まずは脚にからみついて始末に負えない蔓を切り落とした。

「……うァッ、」

スワンが発した声は、悲鳴に近い。激痛が躰をはしり、耐え難いほどだったのである。何がおきたのかも解らないまま、彼は床へうずくまって痛みをこらえた。階段を駆けのぼってきた少年は、スワンの躰へ繫《つな》がっているほうの蔓の切り口を吸った。するとまもなく、スワンの痛みはやわらいだ。

「だから、よせと云ったんだよ。切るには専用のナイフが必要なのさ。こいつは今や、きみの躰の一部なんだ。むやみに傷つければ、きみの神経は、ケガを負うのと同じように痛みを感知する。今みたいに乱暴に切れば覿面《てきめん》だ。……王子の面倒を見るのはピエロの仕事なんだよ。Sial《地上》でいうところの、園芸みたいなものさ。……ほら、痛くないだろう?」

少年は蔓の一部をナイフで切り落としたが、ことばどおり、こんどは痛みを感じなかった。

「手でちぎっても同じことさ。接ぎ木したり、ほかの植物を寄生させたり、そんなこともできるんだ。王子は何もせずに、ただピエロに委ねればいい。」

そこへ、ベルの音がひびいた。スワンは配送員が着いたものと思い、少年に頼んでモニタへ切りかえた。するとそこには、最初にピエロ‐α《アルファ》と名乗った学校服の少年が映っていた。

〈悪いけど、きみの家へいれてもらえないかな。カイトにはぼくがなんとか説明をつけるからさ〉

「なんの用だ、ピエロ‐β《ベータ》。順位は守ってもらわないと困るぜ、」

スワンをさしおいて応答したのは、白いニットの少年だった。

〈……ピエロ‐γ《ガンマ》がいるのか〉

「お生憎《あいにく》、ぼくはピエロ‐α《アルファ》だ、」

〈嘘をつくな。ピエロ‐α《アルファ》が来るはずはないんだ。ヤツは第一王子がいなくなって以来、栄養不足がつづいて入院中だ。《超《リープ》》に耐える体力はないさ。当分、静養が必要だって、医療センターのドクターが云ってたぜ。無理をすれば、再生のときに躰のどこかに狂いが生じるはずだ〉

「だから、ぼくが新しいピエロ‐α《アルファ》なのさ、」

〈黙れ。新しいピエロ‐α《アルファ》になるのは、順位からしても、もともとピエロ‐β《ベータ》だったこのぼくだ〉

「それは、王子がきめるんだぜ。」

「……そのとおりだ、」

　突然、室内で別の声がした。ロフトからリビングルームをのぞいたスワンは、そこにファスチアンの飾り衿《えり》と袖とをつけた鳩羽色《はとばいろ》のセーターの少年を見つけた。診療所の帰りしなにロータリーで出逢った人物である。ソファへよりかかって躰を支えている。いつのまに、どこからはいりこんだのかも解らない。彼はスワンの意向などかまわずにシステムロックを解除し、そっくり同じ容姿の学校服の少年がエレヴェエタを使えるようにした。学校服の少年は、まもなくリビングルームへ姿を見せ、ソファの少年がほかのふたりへ呼びかけた。

「……久しぶり、ピエロ‐β《ベータ》。それにピエロ‐γ《ガンマ》。逢うのは、入院以来だな。……おたがい、こそこそ王子に近づくのはやめて、……フェアに勝負しよう。最終的に誰をα《アルファ》にするかは、……王子が選ぶんだ。……期限は十日だ。それ以上の滞在は絶滅植物復活委員会の公式規約に違反する。」

「えらそうに云うなよ。きみのピエロ‐α《アルファ》としての今の地位は、暫定《ざんてい》なんだぜ。ぼくたちに意見する権利はないし、無条件でα《アルファ》を名乗る立場にもない。」

鳩羽色のセーターの少年は、まぶたを伏せ、かすかに笑みをもらした。

「……わかったよ。だったら、こうしよう。あくまでも便宜上《べんぎじょう》、今までどおりに呼びあう。……代案があれば云ってほしい。」

「なにが便宜上だよ、」

白いニットの少年は、即座に文句を云った。

「だから反対するなら、代案を挙げてほしい。」

「ぼくは、それでいいよ、」

学校服の少年が宣言した。

「なんだよ、ピエロ‐β《ベータ》は。α《アルファ》に肩いれする気か、」

「落ちつけよ。いいか、ピエロ‐γ《ガンマ》、こんなことにこだわるなんて、子どもじみてるぜ。だいいちα《アルファ》を見ろ。《超《リープ》》のダメージがそうとうキツいのさ。ずっと体調が悪くて、入院中だったんだから無理もない。支えなしで立っていられないんだ。ぼくたちと勝負になるはずがない。そんなことは彼も承知で云うんだよ。提案をうけいれてやってもいいじゃないか。現に彼は、一歩出遅れている。ぼくはすでにS／U境界市のコンピュウタへ侵入し、王子の在籍する学校へ潜りこむのに成功した。従兄《いとこ》としてね。」

そんな牽制《けんせい》を気にかけるふうもなく、ファスチアンの少年はスワンの動きを目で追った。

「……わかったよ。ただし、あくまでも暫定だからな、」

γ《ガンマ》が承諾してまもなく、新たな呼び出しがあった。こんどは、スワンが待ちつづけた配送員からの連絡だった。暗証番号を伝えたスワンは、眠気をこらえて立ちあがり、エレヴェエタとならんだリフトの扉前で、荷物が着くのを待った。表示灯《パイロット》が点滅から点灯へ変われば、リフトの扉は自動的にひらく。

ようやく届いた小包には、あざやかなスミレ色のリボンを結んであった。まぎれもなく〝ハーツイーズ〟のものだ。かすかな甘い薫りがして、包みを解いたスワンの目の前に、スミレの砂糖菓子《コンフエクシヨン》を飾った白いケーキがあらわれた。

〈三月生まれの御祝いに、青いスミレをおくろう。澄んだまなざしと深いやすらぎが、いつの日もきみのものであるように〉

紙片を手にしたまま、スワンはもう眠いのを我慢できずにその場で意識を失った。かたわらにいたα《アルファ》は、床へくずおれてしまったスワンを軽くだきあげた。王子の躰のしくみとして、培養を行っているあいだは、本来の組織を持たなくなる。育てている植物と同じていどの重さしかなかった。αは膝をかばって歩きながらロフトへの階段をのぼり、スワンを寝台まで運んだ。

「脚の具合が悪いのか、」

βが声をかけた。

「……少しね。でも、平気だ。たった今からは公平に競いあうことにしよう。無理やりに〈同調《シンクロ》〉を強いてもいけない。滞留期限の十日以内に王子が選んだ者がピエロ・α《アルファ》だ。……それで文句はないだろう？　……β《ベータ》も……γ《ガンマ》も、」

αは、それぞれのほうを向いて同意を求め、ふたりの少年もうなずき返した。

005

Topic news　絶滅植物⑤
カウスリップ　Cowslip《カウスリップ》　学名 Primula veris
（Apocalisse di Pianta Lista-Pr-014-0009）

十二使徒のひとりペテロが鍵を落とした地に生まれた花と云う。かつて Sial《地上》の土壌がアルカリ性であった時代にはありふれた草だったが、野生種の絶滅時期は〈AVIALY《エービアリイ》〉の植物の黙示録リストに掲載された中でもかなり早く、二十一世紀初頭となっている。ただ、園芸品種としては、われわれの祖先が Sial を離れた時期まで残った。

カウスリップとは、「雌牛《めうし》の唇」という意味で、近縁に「雄牛の唇《オクスリップ》」という名を持つものもある。どちらも牛の食草とはならなかったために、食べ残された結果、牧草地によく生える植物となった。アスピリン作用があり、頭痛や関節炎の薬草として用いられた。数が激減した後は、プリムローズがその代用となったが、野生種は二十一世紀には地上から消えた。それはこの時期に、土壌の酸性化が急速に進んだことを意味する。

また同じ時代に、植物の光合成システムに異変がおこり、二酸化炭素を吐き出す種が殖えはじめてもいる。その種はある時期に何の前ぶれもなく突然変異種としてあらわれ、地上のあらゆる地域で爆発的に増殖した。その結果、本来の光合成システムを維持する植物相《フロラ》は急速に減少し、分布地域もせばめられた。高地なみに酸素の希薄な地域の拡大が、おこりつつあった。やがて人々の生活圏は、シェルターの中へと追われてゆくのである。（特派員Lana《ラナ》　Ak-Site　ANSA発）

けさ、目をさましたスワンは手脚へうっとうしくからみついたそれを、まさか自分の髪だとは思わなかった。しかも、好き放題に渦巻《うずま》いている。α《アルファ》を名乗る少年が、スワンののぞみに応じて短く切りそろえたが、毛先はすぐに伸びはじめ、学校服に着がえたころには腰へ届くほどになっていた。スワンはふたたびαに頼み、さらに短く切った。だが、五分もしないうちに十センチは伸びてしまう。せっかくの三角翼は、とうに消え失せた。

「あきらめろよ。切れば切るほど、伸びるのが早くなるだけだ。種子をつくればすぐに止《や》むぜ。……もっとも、王子がそんな調子じゃ、ピエロとしてはお手あげだ。プロトチュウブも機能しないとはね。無理やりもなにも、端《はな》から〈同調《シンクロ》〉などできやしないのさ。始末が悪いぜ、」

ぞんざいに口をはさんだのは、γ《ガンマ》である。スワンはこの少年たちが現れた昨夜《ゆうべ》のいきさつを、定かにはおぼえていない。眠気で意識が虚《うつろ》だったために、〝ハーツイーズ〟から届いたケーキをどうしたのかさえもわからなかった。そもそも、スワンはスミレのケーキをうけとったこと自体が夢のように思われた。記念日ぎらいのカイトが、大事な荷物だなどと偽ってまで誕生日のケーキを配達させるなど、スワンにはとうてい考えられない。〝ハーツイーズ〟が届け先をまちがえたのだとするほうが、まだ現実的だ。そのうえ、カイトは昨夜帰宅しなかった。

開幕試合を終えたカイトは、遠征先のA／Z《エーゼット》統括都市へ直行したのだ。スワンはそれを、けさになって〈掲示板《スクエア》〉に保存された伝言で知った。兄らしく、あくまでも簡潔な一文で、不平を云う気力もおこらない。スワンは、ひたすらぼんやりと〈掲示板《スクエア》〉に見いった後、見知らぬ三人の少年がいすわっているのをカイトが接続するモデムへ伝言した。

休暇明けの学校は、スワンにとってたのしからざる環境だった。β《ベータ》を名乗る少年が、学校生徒となっている。本人が予告したとおり、この奇妙な新参者にたいして誰も疑問をいだかない。転入生としてではなく、入学以来の生徒として学級へとけこんでいるのだ。なじみがないのはスワンだけで、級友たちは何の疑いも持たずに接した。ヒヴァは欠席だった。〝ネスポーラ〟のデザートがどんな逸品だったかの自慢話を聞くはずが、傍《かたわら》にいるのはβだ。彼とスワンが従兄《いとこ》同士で、電氣会館のあの広すぎる家にカイトとともに同居中なのは、学校仲間によく知られた事実でもある。それを納得していないのは、スワンだけだ。

長く伸びた髪を束ねて登校したスワンにたいしても、級友たちは格別何の反応もせず、見慣れたようすだった。それに、ヒヴァの姿がない教室には、完璧な三角翼を持つ生徒もなく、まともな髪型の定義は存在しない。寝ぐせと云われても仕方のない生徒ばかりだった。だが、誰であれ、スワンの髪型よりはましだ。鳶《オーバーン》色と蜜《みつ》色のいりまじった長い髪は、彼の菫青《パンシエロ》の睛《ひとみ》とあまりにも調和しすぎる。毛先が繊細な渦を巻いてなびく様子がまた、スワンにとっては信じがたい現象だった。滑稽《こっけい》な姿を見られたくない思いを募らせた彼は、いつしか教室の隅が定位置になった。

どこであれ、じっとしているのは禁物だ。椅子の背もたれや手近な柱へ手あたりしだいに巻きつく髪のせいで、立ちあがるさいに酷《ひど》い目にあう。歩きだそうとして、身動きできないと気づくのだ。しかも、香水をふりかけたわけでもないのに甘く匂う。こんな調子では勉強も手につかず、スワンは授業をぬけだして真昼の街へのがれた。

ぐずぐず気に病むのは、彼の性分にあわない。カイトが戻らないかぎりいすわるにちがいない、あの三人組を好き放題にふるまわせておくのも癪《しゃく》だった。といって、三対一ではスワンの分が悪く、迂闊《うかつ》に手を出せない。入念な対策が必要なのだ。

目ぬき通りには祝祭の後の奇妙な気怠《けだ》るさがみちている。〃ハーツイーズ〃の舗《みせ》先《さき》にあるのはスミレの砂糖菓子《コンフエクシヨン》ではなく、黄色の花を飾りつけた〈プリマヴェラ《早春》〉と題する菓子だった。ニオイスミレはすでに影をひそめ、こんどは舗じゅうをカウスリップの黄色で彩ってあった。この変わり身の早さは、移り気な街の気質そのものだ。のぞきこむスワンの横で気配がして、いつのまにかα《アルフア》の姿があった。昨夜《ゆうべ》と同じ鳩羽色のセーターを着て、脚を少しだけひきずって歩く。そういえば、三人とも旅行鞄ひとつ持っていなかった。

「このS／U《エスユー》境界市には、もうカウスリップの野生種はないんだな。自然保護協会の絶滅植物リストに載ってた。」

窓ごしの黄色の花を指して云うのだと気づくまでに、スワンは数秒を要した。ましてその花が野生種かどうかなど、考えもしない。S／U境界市で流通する花は、すべて〝ピアンタジオ〟の、つまり衛星プランテーションの苗床で純粋培養されるのを、住民なら誰しも知っている。そこからフリーズ・ドライにした状態で運んでくるのだ。周辺の人工林は、植物のなすがままに任せた結果、百年あまりを経て大半が照葉樹林帯と化し、野の草の育つ余地はなかった。

「変わったことを云うね。花はみんな〝ピアンタジオ〟で作るんだよ。野生なんて探したってあるはずがない。」

S／U境界市は、周囲に人工的な緑地帯を設けた居住地域で、こうした行政区は各地に点在する。居住圏の限定は、ISFA《イスファ》の国際協定による第三次サンクチュアリ計画にもとづく政策だった。絶滅危惧生物の繁殖を促すため、生物相のなかの異質な存在である人間の側を、一時的に隔離しようというものである。それぞれの隔絶都市の移動は可能だが、居住地域外への越境は原則として許可されない。

「学校は？」

αは話題を変え、彼にからみつこうとするスワンの髪を丁寧に解《ほど》いた。αの仕草や言動は、三人組のほかのふたりと微妙にちがう。スワンもそれを感じとった。

「授業なんて、うける気にならないよ。こんな髪型でいるくらいなら、手のひらに草が生えたほうがました。みっともなくて、ヒヴァのところへもいけやしない。休暇明けに休むなんて気になるから、家へよってみたいんだけどね。」

「それなら、スター・プランツほど厄介でない、ほかの花の種を蒔《ま》けばいいんだ。それこそ、ニオイスミレのようなヤツをね。繃帯を巻いて隠せば、切らずにすむだろう。そうすれば、髪も伸びない。ルリハコベやホタルカズラも可憐な花だ。……どれにする?」

「どれって、……どこに種があるんだよ、」

「ぼくの躰の中。厳密には種ではなく、細胞《セル》なんだ。これは接触感染のようなものだから、王子とピエロの先端器官のいずれかを触れあうだけでうけ渡しができる。試しに、ここへ手を重ねてごらん、」

白い手を差しだす表情は、真顔だった。ふざけた話だ。スワンはその手を軽くよけて歩きだした。

「べつに花を育てたいわけじゃない。もとどおりにしてほしいと云ってるんだ、」

「王子のもとどおりは、《AVIALY》の群体《コロニー》へ帰還して、失われた植物を復活させる本来の任務に就くことだよ。」

「……そうじゃなくてさ、」

話の通じないはがゆさを、スワンはここ数日で何度も味わった。彼の学校生活で、めったに経験しない状況だ。しかし、こんなことで苛立《いらだ》つのもばかげている。もとよりαは、よほど訓練ができているらしく、淡々とした調子をくずさない。ほかのふたりのようにすぐ怒りだす気質でもなかった。スワンも精いっぱい譲歩した。

「きみたちの云う《AVIALY》ってのはどこにあるんだ、」

「《AVIALY》は、静止軌道上にあるユニット式人工天体《サテライト》だよ。環モジュールを一単位にした構造物で、それが網状《レゾー》になっているので、鳥カゴに見立てて《AVIALY》と呼ぶんだ。群体《コロニー》はモジュールよりもさらに小さい単位だけど、ひとつの環モジュールにつきひとつの群体《コロニー》があるというのでもない。ピエロだけでなくノーマル型《タイプ》も含めて、ひとりの王子が食糧を提供する範囲をひとつの群体《コロニー》とみなし、それはいくつもの環モジュールを含んだり、共有していたりする。」

またしても荒唐無稽な空想話を聞かされ、スワンは眉をひそめた。譲歩にも限界はある。

「でたらめは、よしてくれ。そんな人工天体《サテライト》の話は、聞いたことがない。だいいち、きみの云うような規模の衛星なら、ISFA の定めた認識番号を持っているはずだろう？　通番に年号と符号をくわえた十二桁だよ。《AVIALY》なんて、名称でなしにね。」

　そのとき何者かが、スワンの背中を小突《こづ》いた。

「えらそうな口をきくなよ。ISFAなんて、《AVIALY》のできる千年前に解体してるんだぜ。認識番号なんてあるわけないだろ。」

　ぞんざいな口調で会話に割りこんできたのは、学校服を着たβ《ベータ》だった。彼は短気だ。

「ピエロ‐α《アルファ》、そんな悠長にかまえてていいのか。十日間しか猶予がないんだぜ。しかも、ぼくたちは絶滅植物復活委員会の規約に反して、植物採集以外の目的で許可なく流線型装置を使ってるんだ。王子を連れて帰ればまだしも、そうでなければ審問をうけるかもしれない。」

「……たぶんね。ピエロはほかにもいる。δ《デルタ》なりε《エプシロン》なり、ここへ来ていない誰かが新しいピエロ‐α《アルファ》をうけついで、ぼくたちは降格だ。」

「だから、このさい協定を結ばないか? 有効な手立てを考えるんだよ。少なくとも、三人のうちの誰かが確実にピエロ‐α《アルファ》となれるような。」

「きみは、もう勝負はついていると云ったただろう? あとは王子が選ぶだけだって、」

「……そう、王子しだいなんだ。王子がぼくたち三人のうちの誰に〈同調《シンクロ》〉の優先権をあたえるか。結果として、それがα《アルファ》なんだ。」

βは、スワンのほうを向いた。

「そんなわけで、われわれには時間がない。率直に訊《き》くけど、α《アルファ》とぼくだったら、きみはどっちを選ぶ?」

「選ぶって、どういう意味で?」

スワンがそんなふうに訊き返すのを予想していなかったとみえ、βは途惑いの表情を浮かべた。

「つまり、〈同調《シンクロ》〉の相手として、」

「何だよ、それ。」

「だったら、友人として、」

「悪いけど、きのう逢ったばかりの人間を友人に選べと云われても困るよ。それなりの手つづきってものが必要だろう、」

「どんな?」

この問いにはスワンもあきれた。あくまでβは、今すぐ結果を得ようとする。きのうきょうで友人関係が成立するなら、学校生徒の葛藤は半分にへるだろう。だが、学校友だちとの感情の縺《もつ》れやよじれは、文法や公式とひとしく、避けて通れない手順なのだ。αは、スワンの心情を察したらしく黙っていた。

「そんなこと、自分の頭で考えろよ、」

スワンに少しだけ了解できたのは、彼の態度が三人にとって重要な意味をおよぼすらしいということだった。彼らは何故かは知らないが、スワンに選ばれたがっている。決定権はスワンにあるのだ。それを知っただけでもスワンには収穫だった。少なくとも、選ぶという点においては、優位に立てる。βは血相を変えた。むやみに短気なこの少年の場合、顔立ちが似ているにもかかわらず、αの冷静さは備わっていない。

「調子に乗るなよ。《AVIALY》へ戻ったら、もう二度と装置《ゆりかご》の外へは出さない。《超《リーフ》》に連れて行くときも無菌容器《インキュベーター》の中だ。王子にはひたすら眠りつづけてもらうよ。群体《コロニー》Sの復活植物の数は驚異的に殖《ふ》えるだろうさ。そもそも、王子に外の世界を見せてやろうなんて気をおこしたα《アルファ》が悪いんだぜ。Himalaya《ヒマラヤ》くんだりまで連れだして、流線型装置で遊覧飛行とはね。結局あれが《超《リーフ》》事故につながったんだ。」

矛先は突然朋友へ向かった。非難を浴びるのにはなれたようすで、αはゆっくりとまばたきをしてみせた。

「……Sialに雪が降るのを王子にも見せたかった。ちょっとした眺めだろう。見ておかないなんて、惜しいと思った、」

「そんな情緒感覚は、王子にないよ。生まれて以来ただの一度も自分の意志で動いたことのない王子に、雪の降る光景を見せたからって何が変わるんだ。ピエロ-α《アルファ》の妙な思いつきで、群体《コロニー》じゅうが迷惑してるんだぜ。」

「でも現に、王子は変わったじゃないか。こうして自らの意志で歩き、聡明にものを考え、それを口に出すんだ。」

「始末が悪いだけだよ。だいたい、王子は今、植物の培養装置としてはまるっきりの役立たずじゃないか。スター・プランツなんてつまらない植物を育てて、どうするんだ?」

「だから、ほかの種子を試す気があるかどうかを訊《たず》ねたところさ、」

「それで、このイカれた王子が〈同調《シンクロ》〉する見こみはついたのか。……ぼくはね、α《アルファ》、きみがこれほど焦《じ》れったく、気の長い性質《たち》だとは知らなかったよ。とうてい、ぼくには辛抱できない。ぼくはぼくの好きにさせてもらうぜ。」

早口に云って、βは舗道を歩き去った。残ったαは、〝ハーツイーズ〟の外壁へ寄りかかり、膝をかばって躰をやすめている。スワンの目には、昨夜よりもさらに具合が悪そうに見えた。

「医者を紹介しようか。その膝、診察したほうがいいと思うぜ、」

「……それより、ひとつだけ厄介《やっかい》ごとを引きうけてもらえたら、ありがたいんだけど、」

「厄介だと解っていて、何で頼むんだよ。気安く返答できるはずもない。そもそも、きみたちは、段どりがまるでなってないんだ。相手の都合をかまわずいきなり用件を切り出したり、親しさの度あいも測らずに要求したり、そういう態度はきみたちのような兄弟間でしか通用しないんだよ。おそらく、学校へ通ったこともないだろう。きみたちは、そっくりな顔立ちと同様に気質も似て、馴《な》れあった生活をしてきたにちがいないさ。異質な相手にたいする心がまえが鈍ってるんだよ。」

βの短気が伝染したらしく、スワンは、ふだんより怒りっぽくなっていた。先方が妙に冷静なのも、調子を狂わせる一因となった。αは小さな子をなだめるような笑みを浮かべた。

「ぼくたちは、兄弟ではないし、馴れあってもいないつもりだ。ただ、生徒としてのやりかたに関しては心得不足なのを認める。さんざん《超《リープ》》をくりかえしてるけど、学校へ通うのも、生徒と関わるのもはじめてだから。」

「いろいろな隔絶都市を渡り歩いてるってこと?」

「まあ、そうだね、」

「……だったら、今度もすぐに発《た》つわけだろう。ぼくは生徒としては偏屈なほうなんだよ。特定の友だちを持たない主義なんだ。ヒヴァだって、たがいに気心は知れてるけど、ほかの連中にくらべて特に親密なわけじゃない。そういうのは、彼もぼくも苦手なんだよ。もし思い出作りのために即製の友だちが欲しいなら、もっと情に篤《あつ》いほかの誰かを選んだほうがいい。このS/U境界市にいる期間は十日なんだろう。きみの場合は、β《ベータ》とちがって学校への転入手つづきもとっていないわけだから、膝のためにも家でおとなしく療養してたらどうなんだ? 幸い、あの通りの広い家だから、期間限定なら同居するのはかまわない。兄が戻っても、いきなり追い出しはしないだろう。……ただ、ぼくの生活をかき回さないでほしい。」

　云うだけ云って、スワンは歩きだした。目ぬき通りは、十字路のたびに少しずつ人影が失せ、やがて高速道路のランプウエイと交叉する。スワンはそこで診療所へ向かう運河沿いの路へ逸れた。αは、スワンの断固とした態度をうけいれたのか、そのあとを追ってはこなかった。αがいつまでも舗《みせ》の壁によりかかっている姿は、その場を離れてからもスワンの脳裏をよぎった。頼みごとに耳を貸さなかったのは、反省すべき態度だ。しばらく歩いたあとにスワンは思い切って引き返したが、すでにαの姿はなかった。

006

Topic news　絶滅植物⑥

スイカズラ　Japanese《ジャパニーズ》 honeysuckle《ハニーサックル》　学名 Lonicera japonica

（Apocalisse di Pianta Lista-Ca-000-0492）

ツキヌキニンドウ　Coral《コーラル》 honeysuckle《ハニーサックル》　学名 L.sempervirens

（Apocalisse di Pianta Lista-Ca-005-2907）

スイカズラ科は北半球にひろく分布し、蜜が豊富な花として知られた。東洋産のスイカズラの花をとくに金銀花と呼び、いにしえの人々の解熱剤として重宝がられた。ツキヌキニンドウは、花のすぐ下の一対の葉がたがいに合わさって円型となり、その中心を茎が突き抜けている。スイカズラとことなり芳香はないが、紅緋《こうひ》の花は魅惑的だ。

双方とも、〈超《リープ》〉による種子の採取で、比較的はやく復活にこぎつけた植物であり、現在の〈AVIALY《エービアリイ》〉では、多くの王子によって培養される。糖分が王子にとって重要なエネルギイ源であることは、蜜腺《みっせん》を持っていた絶滅植物の復活を早める要因となった。ただ、〈AVIALY〉における復活は、遺伝子の厳密な写しではなく、植物の機能的な変化をともなっている。

もともとスイカズラは、花筒に蜜をたくわえた虫媒花であったが、〈AVIALY〉においてはピエロが持つ配偶子《ジェム》とプラズマによる受精をおこなう。蜜はいったん王子の体内へ吸収され、乳液《ミルク》となったものが、あらためてピエロの養分となる。ピエロはそれを、王子の躰の先端器官および、培養された植物の葉液や樹液として、切り口から直接吸うことができる。彼らは、ピュアな養分を必要とするときに、王子の躰に疵《きず》をつけ、しみだした乳液を吸うことも許された。

王子やピエロは〈両生類《アンフィビアン》〉である。〈AVIALY〉における総人口の大半を占めるわれわれノーマル型《タイプ》の成人は、彼らの間で相互におこる作用を比喩的に考えがちだ。無意味だと承知しながら、王子やピエロに性別を当てはめてみたくなる。だが、彼らのそれを見きわめるのは困難だ。

たとえば、彼らだけが持つ特殊な器官のプロトチュウブは、われわれ一般の成人の体内にあるいずれかの器官、とくに生殖に関係する器官の雛形《ひながた》というわけではない。それゆえ、複数体である彼らが〈単体化〉ののちに変容した状態を、成人と区別して〈成年期〉と呼ぶのだ。〈成年期〉の彼らは、身体的にも機能的にも成人と変わらない。ごくまれな例だが、われわれ成人と性的に関わる場合もある。しかし、われわれとくらべて彼らの成長は著しく遅く（ほとんど成長が止《や》んだのかと思うくらいに）、そのぶん生存期間は長い。したがって一般の成人は、あらかじめ敬遠されてしまうのだ。

　王子やピエロの進化の過程や機能について、実はさほど研究がなされていない。彼らは今のところ、そう遠くない時代の環境変化によって、同時多発的に特化したと考えられている。〈原初〉の王子とピエロの存在は、しばしばわれわれにとってのアダムとエヴァに比較される。だとすれば、彼らの楽園とはどこだろう。われわれは、アダムとエヴァを探しあてることには倦《う》んでしまったが、〈原初《トビア》〉の王子とピエロを見つけだす試みには、まだ情熱をいだいている。（特派員 Tobia　Ba-Site ANSA 発）

　耳のうしろの窪《くぼ》みから不意に芽をだした蔓草のせいで、スワンは街歩きを中断して帰宅を余儀なくされた。エレヴェエタを降りたスワンは、リビングルームを恨めしげにながめた。ピエロたちが流線型装置と呼ぶ物体を、γが乗りつけたままに置いてあった。透明な天蓋《キャノピー》のほかは真っ白な船体《ボディ》である。γはその白い船の中へ潜って寝ていた。おまけに彼の顔のまわりを、白いスイカズラが取り巻くありさまだ。

「まるで棺桶《かんおけ》だよな。このまま宇宙葬してやってもいいくらいさ。」

　横あいから声をかけてきたのは、学校服のままのβだ。スワンはソファへ腰をおろしてコンソールパネルの〈掲示板《スクエア》〉を操作した。カイトからの私信はまだない。A／Z《エーゼット》統括都市で行われた公式戦では〈VIOLETTO《ヴィオレット》〉があっさり勝利をおさめ、カイトの試合運びを称賛する記事が配信されてきた。

「きみの流線型装置は、どこへ置いてあるんだ？」

「秘密。ぼくたちが所属する絶滅植物復活委員会の規約では、《超《リープ》》先の住人の目に触れる場所へ流線型装置を持ちこんではいけないのさ。γ《ガンマ》はそれでいつも始末書を喰らうんだ。ヤツは、流線型装置の操作に突出した能力があって、《超《リープ》》のスペシャリストとしては群をぬく技術があるのに、ムダな減点が多過ぎる。だから、いつまでも三番手なのさ。総合力で劣るんだ。逆にα《アルファ》の場合、流線型装置を操る腕はさほどでもない。むろんA級ライセンスの保持者ではあるけど、γ《ガンマ》のようなキレはないんだ。そのかわり減点もない。ぼくらの評価は加算式ではなく減点方式だから、定められた基準において、減点の少ない者のほうが優位に立つ。γ《ガンマ》のアクロバットは評価の対象にならないんだ。α《アルファ》はいっさい減点のないヤツでね、それはもう憎たらしいくらいさ。だけど、今度ばかりは少し勝手がちがうらしい。彼、ぼくらには云わないけど、流線型装置の隠し場所が自分で解らなくなっているんだぜ。着地した地点を見失ったんだ。ふつう反射波探知で確認するんだけど、体調が悪いせいで、おそらく螺旋器《らせんき》の感応力がイカれちまったのさ。なのに、ぼくらには弱みを見せまいとしてる。……いつまで、保《も》つかな、」

βは笑い声をもらした。スワンは、兄弟にしろ友人にしろ、濃密な関係に縁がない。兄のカイトは始終スワンの行動に気を配るわけではないし、ヒヴァとのつきあいも主に学校の中にかぎられる。といって、表面《うわべ》だけでもないのだ。たがいに薄くも篤《あつ》くもない微妙な交流をたのしんでいる。それだけに、このピエロを名乗る三人組の、あまりにも率直な態度には興味がわいた。表情や口調が、何の屈折もなく感情そのものを示すことなど、スワンの身上では考えにくい。

「流線型装置が見つからないと、どうなる?」

「まず《AVIALY》へ帰還できない。次に、栄養補給の問題。ぼくたちは濃縮タイプの食糧を持ちこんでるけど、たいてい流線型装置の貯蔵庫にしまってある。固型食《ソリッド》と濃縮ミルクさ。持ち歩くなんて野暮だろう。ぼくたちは、それぞれの体質によって異なる豆を主食にしてる。その豆に含まれる成分と体質がリンクするのさ。だけど、α《アルファ》は第二王子との相性が悪くて、主食のマラカイト・ビーンズの摂取量が不足だ。体質改善のために入院してたくらいさ。体力が衰えていたところへ無理な《超《リープ》》をして、螺旋器をやられたんだ。きっと、腹を空かせてるんだろうな。固型食《ソリッド》の種類はちがっても一時しのぎにはなるから、ぼくたちのを分けることもできるんだぜ。……だけど、彼は頭を下げたくないのさ。」

最後のくだりは、スワンには納得しかねる。彼の印象では、αが明晰《めいせき》な人物なのは一目瞭然ではあるものの、何においても頭を下げない自尊心の塊には見えなかった。それほど単純な自信家ではない。むしろ、彼がかかえているだろう逡巡《しゅんじゅん》の在《あ》り処《か》を、冷静さによってかろうじて隠しているようなのだ。

スワンがそんな思いにとらわれている最中に、αが戻った。エレヴェエタを降りてリビングルームへたどりつくまでの三十メートルほどの間に、二度も躰のバランスを崩した。あきらかにようすがおかしい。そのうえ、色白の顔によく似合っていた鳩羽色のセーターは泥で汚れ、衿《えり》と袖《そで》を縁どったファスチアンも艶《つや》がない。紺フラノのズボンの裾が白茶けているのも泥の跡だった。

βは知らん顔をきめこんで、フロアテーブルの〈スネークジェル〉をもてあそんだ。手を触れた人物の体温によって形態と色彩が変化する紐状のジェルだ。からみつくものがあれば、すぐに巻きつき、手を放せばそのままの形状で固まる。

スワンは、ようやくリビングルームの領域へたどりついたαに声をかけた。

「どうしたんだ、それ。まるでぬかるみへはまったみたいだ。」

床のタイルや壁紙、家具やソファまでもが白い室内で、αの泥のついた服は必要以上に目立った。

「……森の中で野生のニオイスミレが咲いているのを見つけて、種子が落ちてないかと探していたんだ、」

「それで、肝心のものは見つかったのか、」

話に割りこんだのはβである。

「……なにが?」

「とぼけるなよ。流線型装置の着地点が解らなくなってるんだろう。あの森のどこかへ隠し、それを見失ったんだ。探すなら、手を貸そうか?」

「……必要ないよ。……べつに、見失ってやしない。」

「へえ、それならどうしてそんなザマなんだ。空腹で倒れそうなのかと思ったぜ。ちがうのか?」

「β《ベータ》に心配してもらわなくても、平気だ、」

あくまでも否定する。〈スネークジェル〉を放りだしてαに近づいたβは、いきなり平手打ちを喰わせた。

「いったい何を考えてるんだ。……さっさと王子にスワンミルクをもらえよ。それで少しは躰が楽になるんじゃないか。彼に自覚がないからって、何をためらうんだよ。流線型装置の着地点を見失うほど機能がイカれてるくせに、」

αは、熱《いき》りたつβに微笑《わら》ってみせた。

「ぼくがこんな状態なのは、きみにとって好都合のはずだろう。ぼくに先駆けて王子と〈同調《シンクロ》〉する機会を、むざむざのがすことはないじゃないか、」

「この王子がぼくと〈同調《シンクロ》〉するわけがないさ。」

「どうして、」

「……そんなこと王子に訊いてほしいや、」

βは他処《よそ》ごとのような顔をしていたスワンの腕をつねった。

「なんだよ、」

「いいから、α《アルファ》にスワンミルクをやれよ。ナイフでちょっと躰を傷つけるくらい、何でもないだろう。ついでに、はっきり云ってやれ。きみはもう、彼を選んでるんだ。ぼくたち三人は、きみの前へゲリラ的に出没し、最初は三人とも拒否された。だけど、きみはぼくたち三人を区別できないと云いつつ、α《アルファ》だけは一度もまちがえていない。自覚はないだろうけど、ぼくとγ《ガンマ》の区別はついてないんだぜ。ぼくたちが入れかわってても気づかないばかりか、そもそも眼中にない。きょう学校できみと逢ったのはγだ。ヤツはぼくを出しぬいて、この服で登校したのさ。」

強引な論拠なので、スワンは納得しかねた。彼にとって三人は相変わらずそっくりだ。

「α《アルファ》が学校服を着ていれば、きっと同じようにまちがえたと思うよ。」

「きみも素直じゃないな。……だったら、このままα《アルファ》の躰が弱ってもかまわないのか。ほうっておけば、今に動けなくなる。何度も云うようだけど、彼は病人なんだよ。ここしばらく、入院してた。……しかも、治す気があるのかさえ、疑わしいようすでね。第二王子とだって、〈同調《シンクロ》〉できるくせに、わざとできないふりをするんだ。……だから、ぼくは、」

βはそれ以上は云うまいとするかのように、ことばを切った。αは肯定も否定もしない。

「医者なら紹介できるけど、」

「彼の病気は、ここの医者に治せやしないさ。……ぼくたちは〈両生類《アンフィビアン》〉なんだぜ。……α《アルファ》、何とか云えよ。そんなになってもまだ、この王子と〈同調《シンクロ》〉するつもりはないって云うのか。……ばかげてる。いったい何が理由なんだ?」

「王子にも、選ぶ権利がある、」

「だから、王子はきみを選ぶよ。」

むきになっているのはβだけで、αは頑《かたく》ななまでに冷静だ。

「そうではなく、王子に戻るかどうかってことさ、」

「そんなの選択の余地はないじゃないか。彼は歴とした群体《コロニー》Sの王子なんだ。元へ戻るのになんの問題があるんだよ、」

「……β《ベータ》、《AVIALY》のシステムは王子の人格を踏みにじることで成立しているんだ。王子の本来の知覚を封じこめ、培養装置として利用してるのさ。王子に覚醒する機会を与えないまま、一方的に拘束するのはフェアじゃない。」

βはふたたびαを打《ぶ》とうとしたが、相手が甘んじてそれをうけるつもりなのを察して途中でやめ、唇を噛みしめるだけにとどめた。

「……α《アルファ》はどうかしてる、」

ふたたび〈スネークジジェル〉を拾ったβは、むきになって没頭した。

「カイトから、通信が届いてるぜ、」

γがおきだして、リビングルームの長椅子へ躰を投げだすなり、コンソールパネルに手を触れた。三人組は、スワンとは比べものにならないほどコンピュウタ操作に熟《な》れている。スワンはすかさず抗議した。

「勝手に私信を読むなよ。」

「名前を見ただけだ。」

コンソールパネルは、スワンの領域であるロフトのシステムとも連動している。彼は階段を駆けあがり、机に内蔵された通信パレットをとりだした。縦十センチ横六センチ厚みは三ミリほどのごく薄い長方形だ。

カイトは三人組が邪魔であれば、追い出してもよいと云ってきた。そのほかは、週末には戻ると書いてあるきりだ。いつもながら簡潔で、よぶんな情緒のはいりこむすきはない。スワンは物足りなさをいだいて、パレットを机へ戻した。三人組を追い出せるものなら、とっくにそうしている。できないから、カイトの助言を仰ぎたいのだ。スワンとしては、αを残して、ほかのふたりには出ていってもらいたい。

そうこうするうち、スワンの耳鳴りがはじまった。耳の奥深いところで小刻みに顫《ふる》え、後頭部に鈍い痛みが潜《ひそ》む。彼はそのまま寝台へ横になってまぶたを閉じた。

鈍痛と眠気がいりまじり、手脚もだるかった。枕へのせた頭の落ちつきが悪いのは、耳のうしろから延びた蔓草のせいだろう。

　手でたぐりよせたスワンは、一本だと思っていた茎が五、六本まとまっているのを見つけ、色を失った。しかも、頭の後ろにはまだ蔓らしき感触があり、うっとうしさは背中まで達した。指でたどってみたスワンは、それが確かに服の下へ潜りこんでいるのを確かめた。襯衣《シャツ》の胸もとにも、すでに躰を這《は》いまわる蔓の一端が見える。腋窩《えきか》に端を発しているのはまちがいない。

　見れば、手のひらにも新しく殖《ふ》えた水ぶくれがあり、裂けたところから若緑の芽がのぞいた。スワンは同様の水ぶくれを躰じゅうに発見した。指と指のあいだや趺《あなうら》はむろん、まぶたにまでゲル状の膨らみがある。

「……どうして……なん……だ、」

　口腔にもそれがひろがっているのを知ったスワンは、そのまま枕に顔を埋めた。髪が始末悪く伸びるくらいは、まだしも我慢できる。だが、躰じゅうの水ぶくれから発芽して蔓が延びた姿をうけいれることなど、とうていできなかった。

「……王子、」

　顔をあげて見ないでも、スワンにはそれがaだと解った。ほかのふたりとは気配がちがう。αが近づいたときだけ、スワンは躰のある部分に変化がおこるのを発見した。口に出しては云えないし、気づかれたくもないが、形状の変化を自らはっきりと感じた。

「……この恰好《かっこう》じゃ、学校へいかれない。……口の中にも、まぶたにも水ぶくれがある。……そんなところから発芽したら、どうすればいいんだよ。口から茎や葉が枝垂《しだ》れているなんて、……滑稽《こっけい》すぎる。食事もできないし、眠れない、」

スワンは笑いにまぎらせたかったが、笑えずに突っ伏して頭をかかえた。

「見せてごらん。ふつう口の中やまぶたからは発芽しないはずだ、」

「ダメだ。感染する発疹かもしれないから、……ぼくには近づかないほうがいい。きみだって、そのきれいにそろった髪が伸び放題になったら、卒倒《そっとう》するぜ、」

「心配は無用だ。ぼくたちピエロは、たとえのぞんだって、植物の培養はできない。躰へはいった植物の細胞《セル》を培養できるのは王子だけだ。特殊な体質なんだよ。」

「診療所へ連絡してくれよ。そこの机にあるパレットを使ってドクターコールの操作をすれば、ぼくの主治医へつながる、」

「これは、医者に診せても治らないよ。さあ、いいからこっちを向くんだ、」

静かでありながら、有無を云わせない口調だった。スワンもまた、無性に従いたい欲望に駆られた。カイトの命令さえ、ときには聞きいれないほど頑固なスワンにしては、珍しいことだ。俯《うつぶ》せるのをやめ、横たわった姿勢のまま傍のαのほうへ向きなおった。とはいえ、医師でもない相手に、口の中やまぶたの裏を見せるのは気おくれがする。それでなくても、躰じゅうにひろがった水ぶくれで、やりきれない思いなのだ。

「理由はわからないけど、養分が過剰なんだよ。だから、よぶんな栄養を発散するために、たくさんの芽をだすつもりなんだ。養分に見あった繁殖をするのが、生物の性《さが》ってものだからね。昨夜《ゆうべ》のケーキを、ひとりで平らげたせいかもしれない。培養植物は、王子の摂取した糖分に反応しやすいから、」

「……ケーキなんて食べてない、」

それこそ、まるっきりおぼえがない。だが、ケーキが消えたのも事実だ。時間の経過とともに、スワンの耳鳴りはいっそう酷《ひど》くなった。彼が呻《うめ》き声をあげるのを聞きつけたαは、ナイフを手にとって、野放図に延びた蔓の何本かを根こそぎに切り落とした。スワンの皮膚をナイフの切っ先で抉《えぐ》るのだが、不思議に痛みはなく、血も流れない。そのかわり、半透明の乳白の液体がしみだした。それもαが傷口を吸うだけでふさがってしまい、痕《あと》も残らない。ただ、耳鳴りのほうは、相変わらずだった。

「……α《アルファ》、ぼくの記憶が正しければ、この植物は花が咲いて結実し、それで円環《サイクル》を閉じるんだよね。種子を収穫すれば、もう発芽しないってことだろう?」

「そのとおりだけど、受精するにはピエロの体内にある配偶子《ジェム》とそれを運ぶプラズマが必要なんだ。」

「……きみはその配偶子《ジェム》やプラズマを持ってるのか、」

α《アルファ》はためらいがちにうなずいた。

「でも、注入するには、王子に負担のかかる手順が要る。」

「〈同調《シンクロ》〉するってことだろう。……きみたちの話法は云い換えや反語ばかりだから、どうとでも解釈できるんだけど、……たぶん、ぼくの想像とそんなに外れてないと思う。だから、……試してみてもいい。」

「リスクがあっても?」

そう訊かれて、スワンは少したじろいだ。彼の解釈にリスクはふくまれていなかった。

「……どんな?」

「ぼくと〈同調《シンクロ》〉することで、きみの中で今は封印された王子としての機能が覚醒するかもしれない。その覚醒によって生じる変化は、スワンとしてのきみには理不尽な結果となるだろう、」

「……具体的に云ってほしい、」

「昏睡《こんすい》状態になる。……おそらく、そのまま目ざめない。意思も感情もなく、ただ呼吸をするだけ、」

当然ながら、スワンにとってうけいれがたい状況だった。昏睡状態になるわけにはいかない。スワンはそのまま黙りこんだ。αはまた後で様子を見にくると云い残して、ロフトを出ていった。そのαを、γが階段で待ちかまえ、腕をとらえた。

「王子が王子としての機能をとり戻すのに、何をためらうんだ。ばかげてるぜ、」

「ためらうもなにも、今の王子に強引なやりかたは通じない。嘘だと思うなら、試してみろ。ぼくは、べつに邪魔はしないよ。」

αは階段の端へよけ、γのために道をあけた。リビングルームのソファにいたβは、〈スネークジェル〉を弄《もてあそ》びつつ、景気よく笑い声をたてた。

「α《アルファ》の云うとおりだ。装置《ゆりかご》で眠る王子を相手にするのとはわけがちがう。実際、ピエロ同士のお遊びの同調ごっこも試したことのないγ《ガンマ》には無理ってものさ。」

「ごっこってなんだよ。」

「だから、知らぬが仏って、」

「……そっちのふたりは、ごっこの経験があるって云うのか、」

「答える義務なし。浴室《フロ》へはいってくる、」

βはソファを立ちあがって、浴室のほうへ歩きだした。

「……β《ベータ》、きみがここへ来た真の目的は、それか。ピエロ‐α《アルファ》の地位を奪う気など、はじめからなかったんだ。……きみはたんに彼のことを、」

「想像するのは勝手だぜ、」

最後まで聞かずに云い捨てて、βは浴室へ向かった。

007

Topic news　絶滅植物⑦
ユリノキ　Tulip tree《チューリップ　ツリー》　学名 Liriodendoron tulipifera
（Apocalisse di Pianta Lista-Ma-000-0687）

モクレン科の植物群は、顕花《けんか》植物の中では原始的な種族とされる。二十世紀代のSial《地上》では分類学上の様々な説が提唱されたものの、あまりに多様化した植物相《フロラ》のすべてにおいて説明のつく結論を得ないうちに、分布範囲のかぎられた原始的な群ほど早く絶滅危惧植物となっていった。

進化の起源を突きとめる前に、古い型《タイプ》の植物たちは次々に地上から姿を消した。だが、それはSialの変化にともなった進化を生みだす過程であったのかもしれない。分類学的に、動物相と植物相《フロラ》とを峻別してきた前提がくつがえされるのも、この時代なのである。つまり、〈原初〉の王子の出現だ。しかし、われわれはまだこの時代に王子が存在したという、確証は得ていない。〈AVIALY《エービアリイ》〉は、王子の栄養分として重要な蜜源植物を調べることで、なんらかの手がかりを得たいと考えた。

　ユリノキは原始的な構造を持つモクレン科の植物でありながら、いくつかの特異な性質を持つ。ほとんどのモクレン属が全緑の葉で常緑、集合果は裂開するのにたいし、ユリノキ属は落葉木で、翼果である。多くのモクレン属は芳香を放ちながらも蜜を持たないが、ユリノキは豊富な蜜を分泌する。この植物が〈AVIALY〉の草創期における重要な地位を占める根拠ともなった。シモクレンやビャクレン、ホオノキなどに先駆け、〈超《リーフ》〉による種子の採集がおこなわれた。ひとつの花で小匙《こさじ》一杯分もの蜜を持つユリノキは、現代でも〈AVIALY〉の蜜源植物として重要な存在である。

〈原初〉の王子が培養した植物については、諸説いり乱れた状況だ。スター・プランツ説が最も有力ではあるが、ほかに流星スミレや、種子の断面にマーブル模様のあるマラカイト・ビーンズが浮上している。いずれも、王子が出現する以前のSialには存在しなかった植物だ。だとすれば、〈原初〉の王子の発見もたやすいだろうとおっしゃる向きもあろうが、いまだ報告はない。

　むろん、〈AVIALY〉の環境にはじめて適応した植物はスター・プランツである。だが、その株を培養した王子は、スター・プランツの細胞《セル》を遺伝的に持っていた。

われわれとしては、この王子の前の世代を特定したいのだ。ところが、遺伝子による追跡は、ここで跡絶えてしまう。だからといって、この王子を〈原初〉の王子と認定するには無理がある。

一方のピエロの出現も、また謎だ。複数体として生まれ、そのうちの優位の者だけが単体として残るシステムは、より確実な遺伝子を後世へ残そうとする生物全般の仕組みとくらべ、さほど奇異なものではない。構造としては、選別の時期が後退しただけなのだ。われわれ成人にとって、ピエロの性表現は〈成年期〉に達しても、見きわめがむずかしい。ただ、われわれの側も、過去にくらべれば流動的な性表現を得る手段を持つようになっており、〈両生類《アンフィビアン》〉である王子やピエロとの共存に、なんら問題はない。

〈成年期〉のピエロは、変性プロトチュウブによる王子との交配をおこなって後継者を得る。こうして生まれた未分化の〈子どもたち〉が群体《コロニー》をつくり、特定の割合で王子とピエロに分化することはすでに述べた。彼らをわれわれより進化した人類と考えるべきか否かの答えは、まだ示されていない。〈AVIALY〉というシステムがつづくかぎり、論争はうけつがれるだろう。(特派員Coni《コニ》　Bx-Site　ANSA《アンサ》発)

電氣会館は、エアコンディションの自動設備が整った居住空間で、スワンはこれまで室内にいて寒さや暑さを意識したことなどなかった。ところが、きょうにかぎって寒さのために目をさました。躰じゅうのどこといわず、冷々とする。室温を確かめようとおきあがったスワンは、忘れていた蔓草の感触に突然気づいて小さく声をあげた。水ぶくれが多数発生して、そこから芽を吹いたスター・プランツがはびこっている。

「……切ろうか、」

誰もいないと思っていた闇の中で声がした。スワンは声の聞こえたあたりに目を凝《こ》らし、たたずむ人影を見つけた。弓なりの硝子《ガラス》を嵌《は》めたロフトの窓辺で、スワンの返事を待っている。気短なピエロたちの中にあって、そんなふうに待機するのはαだけなのをスワンもすでに了解ずみだ。

「このままでいい。……だんだん、なれてきた、」

あかりを消したロフトの窓のあたりだけが仄《ほの》かに明るい。そのかたわらのαのほほや白く見える鹿毛色《ファアロー》の髪に、かすかな影が斑《まだら》にうつろう。スワンはしばらく見つめたのちに、それが雪片だと気づいた。

「……雪か。三月も末なのに、」

「少し前に降りだした。でも、もうあたり一面、真っ白だ。」

「冷えるはずだ。」

しかし、おきだしたスワンは、室温が寒さを感じるはずのない適温に保たれているのを、コンソールパネルの表示で確認した。

「何らかの培養をしている間は、王子の躰の組織も植物化するんだ。血液は養分に、筋肉や皮膚は植物性の繊維になる。気温の変化に敏感なのは、植物化した髪が感知機能を持つからだよ。触覚があるようなものさ。室内にいれば、ふだんは寒さなんて感じないだろう？　でも、植物の尖端器官は、人工的に保たれた室温などにはあらわれない変化を敏感に感じとるんだ。」

スワンのおどろきを察したかのように、αが云いそえた。植物化した状態などを軽々しく納得できないスワンは、αのことばを聞き流し、ガウンを着こんで窓辺へいった。季節はずれの雪は、人気《ひとけ》のない街を、ひたすら白くぬりつぶしてゆく。眼下の街は降りしきる雪烟《ゆきけむり》の中で息をひそめ、運河の水面《みなも》だけが黒々と視界をよぎって街を分断した。

「……昼間のことだけど、」

云いかけて、スワンは時間の感覚に迷いをおぼえた。今現在が夜半であるのは確かだが、学校をエスケープした午后が今日なのか昨日なのか、記憶が混乱している。〝ハーツイーズ〟の前でαが頼みごとがあると云いかけたのを、しまいまで聞かずに立ち去った。スワンは内容を、確かめておきたかった。ほうっておくのは、彼の主義にも礼儀《マナー》にも反する。

「〝ハーツイーズ〟の前で逢ったとき、厄介ごとを引きうけてもらいたいと云ったよね。あれを、もう一度、聞かせてもらえないかな。今さらで申し訳ないけど、」

αは、ごくわずかに躰を動かしただけで、明確な意思表示を避けた。

「今からでは遅いのか、」

「……気にかけてくれて、ありがとう。でも、もういいんだ。」

とめどなく降る雪は、窓の外を白くおおい尽くしている。街路樹も建物もしだいに丸みをおびて、一面のなだらかな起伏と化した。目ぬき通りは、今や深い渓谷となり、その谷底をそろいの黒い外套をひるがえした除雪隊の列が、北帰行の鶴の群れのように雪をついて渡ってゆく。

「……どうして？」

独りごとじみたスワンの声に応じて、αはしばらく息をこらえていたかのように、静かに身動きした。

「どうして、王子に雪を見せようなんて、思いついたんだ。β《ベータ》が云うように、きみたちにとってはばかげたことなんだろう?」

横顔を向けたαは、窓の外を見つめたまま、かろうじてうなずいた。

「ばかげているし、今となっては、……ただの自己満足だったかもしれない。」

めずらしく、αの表情が硬くなった。碧緑《ジェード》の睛《め》にまつげの細い影がさしている。

「……あるとき、《超《リープ》》で立ちよった高山の雲霧林《うんむりん》で、行く手を濃い霧にはばまれたことがあるんだ。間近にあるはずの樹も草も、何も見えない。ぼくは流線型装置に止《とど》まり、霧が晴れるのを待った。王子も一緒だった。連れとしてではなく、食糧と水分補給のためにね。以前のぼくは、王子にたいしてそういう意識しか持っていなかったんだ。やがて霧が動きはじめ、真っ白な中に、淡《うす》く木影《シルエット》が見えた。視界をおおうほどの巨木で、枝々には数えきれない白い鳩がいる……そう思えた。……それにしては啼《な》く声も聞こえず、羽音もしない。霧はさらに稀《うす》まり、ぼくの目の前に途方もなく巨《おお》きな樹が姿をあらわした。ゆったりと白い花を無数に咲かせたマグノリアだ。霧の中でこらえていた呼吸《いき》をそっと吐きだすかのように、花びらがわずかに解《ほぐ》れる。苔におおわれた幹や枝に、か細い蔓がからまって、地表では育ちそうもない野の草が芽をだしている。樹齢は数百年を超えるようだ。それはもう、ぼくの頭上へ大きくひろがった伽藍《がらん》なんだ。立ちあがって咲く白い花は、天蓋《キャノピー》をささえる梁《はり》でひっそりと羽を息《やす》める鳩、……霧にぬれた花から、滴《しずく》が落ちてくる。その雨に打たれているのは心地よかった。えも云われず、気持ちが安らいだ。……同時に、……どうして、ぼくはこんなところに独りでいるんだろうとの思いがこみあげて、狂おしかった。……なんで、旅するんだろう。……《AVIALY》にはない植物を採集するため、……絶滅植物復活委員会の任務、……評価されること、……α《アルファ》の地位を手放したくないから、……どれもちがう。ぼくは、なにかを探していたんだ。……《超《リーブ》》のたびに……ずっと、」

「なにを？」

「……ぼくをゆるやかに解き放ってくれる……なにか、」

「だから、それはなんだったんだ？」

尽きることのない雪の影が、窓ごしのαの白いほほに、鹿毛色《ファロー》の髪に、鳩羽色のセーターを着た細身に映った。

「……突然、声がした。流線型装置の中で横たわっていた王子が、荘重な伽藍に見いっていたぼくの背後で小さな声をたてたんだ。それまで、王子はただの一度だって声を出したことなどなかった。空耳だと思った。でも、唄うんだ。唇は動いていない。だから、厳密には声でも唄でもなかったかもしれない。……ぼくは、王子をふりかえって、そこで見たんだ。王子のほほがぬれているのを。はじめは、天蓋《キャノピー》のマグノリアの花の滴《しずく》が落ちるのだと思った。でも、ちがった。滴は王子の睛《め》からあふれて、ほほをぬらしていたんだ。拭っても、拭ってもあふれてくる。そのあいだも王子は唄いつづけた。微笑《ほほえ》むような口許《くちもと》をしてた。……解るだろう。泣いていたのは、ぼくだったんだ。……止まらなかった。……躰がふるえて、……融《と》けてゆくようで、……でもそれが心地よくぼくを包みこむ。たぶん、ぼくはずっと、泣く理由を探していたんだ。はじめて聞いた王子の声は、ぼくがかかえていた気負いや、淋しさや切なさのすべてを肯定してくれた。一粒の種も得ずに帰還して、たとえα《アルファ》の地位を失くしても、ぼくがそれまで考えていたように、何もかもを失うわけじゃない。ぼくが消えても、王子が種を育んでくれる。一度、培養に成功すれば、ほかの王子もその花を育て、《AVIALY》に根づいてゆく。この王子が消えても、ほかの王子がいる。……それでいいんだ。そう気づいて、楽になった。」

αは降りしきる雪に睛を凝らし、涙を止《と》めようとしている。スワンはかたわらへよって、片腕をαの頭にそえてそっとかかえこんだ。たがいの耳と耳が触れ、そのまま躰をよりそわせて窓の外を見つめた。とめどなく降る雪は、床へ踵《かかと》をついているのを忘れさせ、躰が上昇してゆくような錯覚をあたえる。そのうちに、スワンは腕の中のふるえを感じとった。

「……ばかだな、泣くのに理由なんて要らないんだよ。理由にとらわれるなんて、ナンセンスだ。ぼくは主義として滅多に泣かないけど、むろん哀しみや苦しさがないわけじゃない。ただ、そういう理由では泣かないのさ。だってそれは哀しさや苦しさが癒されるだけのことじゃないか。きみも云ったように、涙はゆるやかに躰を解き放つために流すんだよ。骨も肉もない、ただの水に還るためだ。……そうして、何ほどでもない自分に気づく。……だから、何の理由もなしに泣いていいのさ。」

αと寄りそううち、スワンもまたマグノリアの咲く樹の下にいるような錯覚をした。澄みきった匂いさえ、身近にある。それはαの髪や指先の匂いと似ている。思いがけずαが解き放った感情に、スワンはマグノリアの解《ほぐ》れた蕾から、そっと花の内側を垣間《かいま》見る心地を味わった。唇をよせれば、自然に気息があう。αの温もりは冷たくもなく、熱くもない。触れている感触さえ稀《うす》く、逆にその手ごたえのなさや、あやふやな輪郭の切なさが躰にしみてくる。彼らの云う〈同調《シンクロ》〉よりも、このほうがずっといい。スワンには、そう思えた。

「……もしかして、わざと王子を、」

腕の中で、鮮明な反応があった。

「マグノリアの咲く雲霧林は、四千メートル級の山地にほど近いところにあった。晴れているかと思えば、一転、吹雪になる。雪の上へ横たわらせた王子の躰は白く埋もれ、たちまち見えなくなってゆく。それでも、王子は青いスミレ色の睛《め》を見ひらいていた。王子はいつだって、睛《め》を見ひらいて眠るんだ。やがて、王子の睛の中にも雪が降りしきって、吹雪がおさまった後も、その雪は降りつづけ、王子の眼縁《まぶち》から涙になってあふれた。そのまま、ぼくは王子と別れて飛びたったんだ。」

「……それなら、どうして探しに来たんだ、」

「確かめたかった。王子が、以前よりも確実に幸福なのかどうか。ほんとうは、そう信じるだけでよかったんだ。どこかで人知れず生き延びていてほしかった。だけど、……医療センターの病室で、ほかに何もすることがなくてANSA《アンサ》の特派員報告に接続したとき、特派員のLegno《レグノ》が王子と話すのを見つけてしまったんだ。じっとしていられず、病室をぬけだした。」

「還れないのは、……承知してたんだな、」

「ぼくの代わりはいくらでもいる。……王子も、もうぼくを必要としていない、」

スワンは、ただもどかしい思いでαをだきしめることしかできなかった。誰のためでもなく、自分のために生きていればいい。そんな当たり前のことを、泣くのにも理由が要ると思いこむαに、どう伝えればいいのか、スワンはすぐさま考えつかなかった。そのうえ、蔓は延びつづけ、スワンは躰が凝固するような感触に見舞われた。手脚は重く、まぶたも閉じてしまう。いつしか意識も薄らいだ。

目ざめたとき、スワンはそれが何日目の朝なのか思いだせなかった。αと話をしたことさえ、夢か現実か解らない。彼の手ごたえのなさが、いっそう記憶を曖昧にする。スワンの時間の感覚は、すっかり失せている。熟睡したわけではなく、ときおり意識が戻ったものの、その場合は耳鳴りに悩まされ、からみつく蔓や長く伸びた髪すら、気にかける余裕はなかった。

おそらく数日ぶりに目ざめたのだ。外は晴れていたが、街路には雪が厚く残った。眩《まぶ》しい白さが目に飛びこんでくる。学校へ行っていたβが戻り、欠席者はスワンばかりではないと報告した。

「悪性の風邪が流行中だってさ。高熱が出て、気管支炎や胃炎を併発するらしい。しかも躰じゅうに発疹ができるそうだ。……案外、それもみんな発芽する前兆かもしれないな。予防対策として、当分のあいだ休校にするよう市の教育局から通達があって、今回の流感の終息宣言が出るまで、自宅学習しろってさ、」

風邪の流行は、スワンが診療所を訪ねた春分祭の午后、すでに兆しを見せていた。S／U《エスユー》境界市の人工的な環境は、清潔で安全な市民生活を保証するものだ。浄化された水、管理栽培された食用の作物、色やかたちの優れたものだけを殖やす植物工場のシステム、それらは住人の身体面での画一性をも招いている。これまでも、ひとたび流感が発生すれば、市の全域にたちまちひろまり、簡単に大流行を招いた。そのため、兆候をとらえるごとに、当局は外出禁止令を頻発した。市民も対応になれ、さほどの混乱はない。

「ヒヴァは重症だって。入院中で、呼吸器をつけた状態らしい。ウイルスが、気管へはいりこんでるんだ。」

スワンは枕もとへ持ちこんだ通信パレットを手にとった。ヒヴァの自宅を呼びだしたが、留守案内が表示されるだけで応答はない。

「家族じゅう、やられてるらしいぜ。級《クラス》のヤツらが流言《うわさ》してた。ヒヴァのいちばん下の弟は、ここ数日が峠だろうって。もう意識がないって、」

「ピオはまだ一歳半なんだ、」

「それじゃ、もうダメだな、」

衝動的に、スワンはパレットでβに殴りかかった。反射神経に優れたβは、あっさりかわし、スワンは勢いあまって寝台から転落した。そのさい、パレットの角が腕にあたり、切り傷を作った。にじみだしたのは血ではなく、乳白色の液体である。それも滴下するほどの量だった。βは呆然とするスワンの腕をつかみ、当然のような仕草で傷口を吸った。その様子を、ちょうど姿を見せたもうひとりのピエロに目撃された。スワンは、それが本物のβだと悟った。今、学校服を着ているのはγだ。αでないのは解っている。スワンの躰になんの変化もない。

「なにをこそこそしてるんだよ。勝手に人の服を着ないでほしいね、」

「脱ぎ捨ててあったじゃないか。要らないのかと思ったぜ。そっちこそ、どこへ失《う》せてたんだ。森へでも行ってたのか。靴に泥がついてるぜ。……まさか、α《アルファ》にかわって流線型装置を探してたわけじゃないだろう、」

「そのまさかだったら、どうなんだよ、」

「べつに。きみたちの仲がどんなに深く、いかなる密約があろうと、ぼくには関係ない。ただ、彼をピエロ‐α《アルファ》の地位から蹴落《けお》とすこんないい機会を、のがす気はないってだけだ。」

「α《アルファ》は？」

「知るかよ。一緒じゃなかったのか、」

「王子に訊いてるんだ、」

スワンの躰には、まだ切り落としていない何本もの蔓がからみついていた。彼はそれを引きずりながら、寝台へ戻った。けさ目を醒ましてからは、まだαの姿を見ていない。

「……出ていったのは、午前二時ころだ、」

「けさまで意識がなかったくせに、なんで解るんだよ、」

γが怪訝な顔で訊《たず》ねた。

「その時間に、一度意識が戻ったんだ。酷《ひど》い耳鳴りがして、声を出したんだと思う。それで目がさめた。α《アルファ》がかたわらへやってきて、大丈夫かと訊いた。ぼくは躰の向きを変えてほしいと頼んだんだ。耳鳴りは、人工天体《サテライト》の落下を目撃したときからずっと止まないんだけど、寝台で苦しまぎれに躰を動かすうち、方向によって音の聞こえかたがちがうってことに気づいた。α《アルファ》に向きを変えてもらい、ずいぶん楽になったんだよ。その後で、彼は出ていったんだ。どこへいくのか訊こうとしたけど、声が出なかった。口を開けているのに、声にならないのさ。もう、半分眠った状態だったのかもしれない。」

「……人工天体《サテライト》か、」

βとγは視線を交わしてうなずきあった。

「つまり、王子の耳鳴りが最悪になる方角こそ、流線型装置の着地点ってわけだ。α《アルファ》はそこへ行ったんだ。……王子、耳鳴りがどの方向で聞こえるかを教えろよ。」

「今は聞こえない、」

「じゃあ、どの方角だったんだ。ガキみたいに世話を焼かせるなよ。いちいち訊かないでも、要点くらい解りそうなものだぜ、」

短気に云うのはγのほうだ。スワンは心当たりの方角を指さした。

「座標軸の数値で答えられないのか。そんな大ざっぱで見つかるわけがないだろう?」

業を煮やしたγは、とうとう怒りだした。

「ぼくは兄とちがうんだよ。体感で反射波測定なんてできやしない。」

「なにも、反射波測定なみの精度を要求したわけじゃない。ただ、もう少しましな答えかたがあるだろうって云ってるんだ、」

「……よせよ、γ《ガンマ》。王子にそんな要求をしてもはじまらない。あとはぼくたちの探知機《レーダー》でどうにかしよう、」

「なにを?」

γは、不意に冷めた表情を浮かべた。

「なにって、α《アルファ》を手伝って流線型装置を探しに行くんじゃないか、」

「β《ベータ》が独りで行けよ。α《アルファ》の流線型装置が見つかったところで、ぼくにはなんの得もない。β《ベータ》が手を貸したいって云うならとめないけど、ぼくは残る。そのあいだに、王子と〈同調《シンクロ》〉できるかどうかを試すよ。首尾よくいけば、王子もピエロ-α《アルファ》の地位もぼくのものだ。」

「……α《アルファ》が帰還できなくても、かまわないって云うのか?」

「《超《リープ》》する体力もないのに、来るほうが悪いんだ。判断力がないってことだろう。あげくに、王子の意思を尊重するなんてばかな考えにとりつかれて、主食のマラカイト・ビーンズを作らせることもできないんじゃないか。そんなヤツにピエロ-α《アルファ》の資格はないいぜ、」

γはそう云い放って、ロフトを出て行った。しかし彼の足音は、リビングルームへ降りる階段の途中で唐突にとまった。そこには肩まで伸びた亜麻色《フラックス》の髪と琥珀色《アンバー》の睛《め》が特徴的な若者の姿があった。

「ずいぶん、にぎやかだな。」

「……カイト、」

「留守中に、珍客到来ってわけか。……遠いところをようこそ、と云いたいところだが、スワンに勝手な真似をされては困るな、」

「そっちこそ、王子を保護してるなら、報告くらいしろよ。どうして、さっさと帰還させなかったんだよ、」

喰ってかかるｿを軽く制したカイトは、ロフトへ昇ってスワンの寝台へ近づいた。

「こいつらは追い出していいと伝言したじゃないか。なんでそうしなかったんだ？」

咎《とが》めるような口調だが、カイトの表情は和《なご》んでいる。スワンはピエロたちの目がなければ、兄に抱きつきたいところだった。

「だって、見てくれよ。この伸び放題の髪と、うっとうしい蔓。水ぶくれだって、酷《ひど》い。これがみんな発芽したら、彼らに切ってもらわないかぎり、腕や躰じゅうへからみついて身動きもできない。」

「だから、スワンが自分で始末できるように、ピエロたちのと同じ機能の特製ナイフを送っただろう。……うけとらなかったのか、」

「……ぼくがうけとったのは〝ハーツイーズ〟のスミレのケーキだよ。でもあれもどこへ行ったのかわからない。α《アルファ》はぼくが食べたと云うけど、」

「ケーキはおぼえがないな、」

カイトは、βとγへ視線を転じた。

「きみたちか?」

ふたりのピエロは、そろって首を横にふった。

「ところで、ひとり足りないな。いすわっているのは三人だろう。ピエロ‐α《アルファ》は
どこへ行ったんだ?」

「どうしてここにいないのをα《アルファ》だときめつけるのさ。」

γは不服そうな顔つきになり、口調も子どもっぽく反論した。

「絶滅植物の復活において、あれほど高い評価をうけている群体《コロニー》Sのピエロ‐α《アルファ》
ってのは、もっと悧巧《りこう》なはずだと思ったからさ、」

「α《アルファ》は流線型装置を探しにいってるよ。体調不良で着地点を見失うなんて、

《超《リープ》》のスペシャリストとしては失格だ。」

「当てがあって、探しに出たのか?」

カイトは、βに訊ねた。彼はγよりは弁《わきま》えのいい態度をとった。

「王子の螺旋器《らせんき》が反応するらしいんです。もともとピエロ‐α《アルファ》とは〈同調《シンクロ》〉しや

すい体質だから、α《アルファ》の波形と同質の流線型装置の反射波を、王子は感知した。でも、王子としての自覚はまるでないから、位置確認はできないんです。」

βは、先ほどスワンが指した方角を示した。

「探してきます、」

すぐさま出て行こうとしたβを、カイトが止めた。

「きみたちは、ここにいろ。風邪が流行してるのを知ってるだろう。どうやら、きみたちにも馴染みのヴィオラウイルスだ。ニオイスミレにとりついて、網の目状《レゾー》の葉にしてしまう、あれさ。」

「……ヴィオラウイルス？」

βとγは、たじろいだ様子で顔を見あわせた。カイトはふたりに近づき、思わせぶりな笑みを浮かべてそれぞれの鹿毛色《ファロー》の髪をなでた。

「……むろん、禿《は》げたくないよな？」

それは、ピエロたちにとって決定的なひとことととなった。彼らはカイトがリビングルームへ用意した無菌容器《インキユベーター》に自ら進んではいりさえした。キュウブ状の透明な容器で、ふたりの少年が少しの間なら我慢できる程度の広さは確保してあった。内部に不透明なカプセルが蛹《さなぎ》のようにふたつならんでいるのは、それぞれのサニタリースペースだ。

「……ぼくもいく、」

出ていこうとするカイトを、ロフトを降りてきたスワンが追った。

「おまえこそ、足手まといだよ。おれが戻るまで、おとなしく寝ていろ。その蔓は後で始末してやるから、」

ISFA《イスファ》の緊急連絡がはいり、エレヴェエタへ向かう途中のカイトは通信用のゾンデで、先方と話をする。スワンはそのうしろをついて歩いた。

「ぼくがいれば、方角が解るよ、」

「……スワン、聞こえただろう。……寝台へ戻って寝ていろ、」

しつこく追うスワンを手であしらい、ゾンデの相手とは緊迫したやりとりを交わす。と思わせて、いきなりふりかえり、スワンの鳩尾《みぞおち》へ一撃を喰わせた。スワンは痛みも衝撃も感じなかったが声も出ず、一瞬で躰の力がぬけた。その後はカイトに軽々と抱きかかえられ、ロフトへ運ばれた。

「世話を焼かせるなよ。おまえが来ると、おれが困るんだ。……体調的に、〈同調《シンクロ》〉しやすくなってるから、」

そう云いおいて、カイトはあわただしく出ていった。

008

Topic news 絶滅植物⑧
スイレン　Water《ウオーター》-lily《リリイ》　学名 Nymphaea caerulea
（Apocalisse di Pianta Lista-Ny-003-0067）

青い水蓮は聖甲虫《ケプリ》を生み、それはやがて少年に変身する。少年の流した涙が人類となり、彼は太陽神《ラー》になった。そのように古代の歴史書は云う。〈AVIALY《エービアリイ》〉の王子の額《ひたい》に甲虫紋《スカラベ》があらわれているのは、偶然の一致ではない。長いあいだ、古代神話として片づけられた意識の世界に、ようやくわれわれの身体感覚が追いついたというべきだろう。

〈超《リーブ》〉は意識を装置に同化してのみ可能となる。プラント・ハンターとして絶滅植物復活委員会の任務をうけたピエロたちの〈超《リーブ》〉とことなり、われわれANSA《アンサ》の特派員は、しばしば植物の探索以外の興味をいだきがちである。

ぜひとも自分が〈原初〉の王子を確認したいという欲求は、何世代にもわたる特派員がうけついできた。王子はある時代の環境、または偶発的な作用により遺伝子の特化した突然変異種にちがいないのだ。しかし、われわれはいまだに〈AVIALY〉の歴史における最も初期の王子を特定できるのみであり、王子をたどる記録もそこでとぎれてしまう。

〈超《リーブ》〉先での捜索は、王子の額《ひたい》にあるはずの甲虫紋《スカラベ》を目印におこなう。しかし、その部分だけ鬣《たてがみ》のように毛色が異なる特徴も、髪を伸ばしている場合は発見しにくく、生えぎわを前髪で隠していればなおさらむずかしい。もうひとつの可能性としては、医療機関をあたることだ。自身の特異な体質を新世代の機能だと自覚できない王子は、その時代の医師がもてあます病状を示しているはずで、コンピュウタへ侵入して医療記録を丹念に照査すれば、体内に植物性の組織をつくる患者に遭遇した医師のおどろきと途惑いを、目にできるだろう。

しかし、知識の大半を科学的根拠なる幻想が支配していた古人《いにしえびと》たちは、はたして公的文書に植物性の人類、われわれが云うところの〈両生類《アンフィビアン》〉の存在を記すことができたろうか。その点は非常に危ぶまれる。（特派員Dalio《ダリオ》 Ca-Site ANSA発）

午后二時。昨夜の雪に埋もれた街は、陽に照って眩《まぶ》しい。スワンは、ようやくヒヴァの自宅のコンピュウタと接続でき、彼が総合病院へ入院しているのを確認した。しかし、医療機関への一般回線は封鎖されているため、個人的な連絡はとれない。おきだしたスワンは、ロフトを降りる階段の途中で、階下を見まわして眉根をよせた。リビングルームには、ますますじゃまなものが増えてゆく。無菌容器《インキュベーター》の少年たちは、外出しようとするスワンを目で追った。

「どこへ行くんだよ。外出禁止だろう、」

無菌容器《インキュベーター》と外部との会話は、ごくふつうにできる。

「ヒヴァを見舞ってくる。病院の通信回線は封鎖されて、容体を確認できないんだ。」

「面会ができるはずはないだろう？　ヒヴァは集中治療室だよ。だいいち、その水ぶくれを、なんて説明するんだよ。そんな状態で歩きまわったら、ウイルスを撒《ま》き散らしているんだと思われるぜ。」

苛立《いらだ》った声はおそらくγだ。スワンは彼らにかまわずエレヴェエタへ向かった。βやγの話を信じるなら、スワンの耳鳴りはαの流線型装置の反射波を感じとっているのだ。そこを目指せば、αが見失った装置を見つけだせるかもしれない。

音に導かれて雪道の目ぬき通りを進んだスワンは、いつしか歩きなれた運河沿いの小路へはいりこんだ。高架下の診療所へ向かう路である。そこは、降り積もったままの雪が凍り、踏みこむたびに、ザクザクと大袈裟《おおげさ》な音がした。古びた倉庫街や、昼間でも蒼白い照明なしでは作業できない暗い建物群が、雪の白さにいっそうくすんで連なった。市民は外出禁止令に従い、建物の内部にも外にも人影はまったくない。所在なげに過ごす野犬だけが雪を避けて軒下《のきした》の暗がりへ群れ、眇《すがめ》であったり伏し目がちであったりする視線をスワンに向けた。だが、ふだんなら不意に吠えかかって威嚇《いかく》する彼らが、最後まで腰をあげようともしなかった。彼らなりに市街の緊張を感じているようだ。

診療所のあたりは、頭上の高速道路が交叉《こうさ》するのと同様に、水路がいり組んでいる。三叉橋が架かり、点滅をくりかえす信号機《シグナル》のあかりが底の見えない水面《みなも》を照らした。段差も雪で埋もれ、足をとられやすい。スワンは、気持ちが急《せ》くほどには速く歩けなかった。診療所には運河を利用した緊急搬送用の水上口があり、赤色回転灯を点けた救急ボオトが停泊していた。ちょうど今、医療チームが乗りこむところだ。スワンはその中に主治医の姿を見つけた。医師のほうでもスワンに気づき、立ちどまった。

「スワン、こんなところにいてはダメだ。外出禁止令が出たのを知ってるだろう?」

「……急用なんです、兄に、」

スワンはもっともらしく嘘をついた。兄の名をだせば見のがしてもらえると思った。

「それなら、一緒にボオトへ乗りなさい。われわれもカイトのところまで行くんだ。緊急の患者を搬送してほしいと連絡がはいった。」

「……α《アルファ》が見つかったんですか?」

「患者の名前は確認していない。おとなと子どもの患者がひとりずついるらしい。ともかく急ごう、」

「……おとなと子ども、」

αではなさそうだった。スワンは救急ボオトへ乗りこみ、医師とならんで操舵室《そうだしつ》のすぐ後ろの座席へ腰かけた。正直なところ、ボオトへ乗せてもらえるのはありがたかった。森の奥まで徒歩でゆくのは、時間がかかりすぎる。αのあのようすでは、一刻も早いほうがいい。

「たぶん、運河管理事務所の家族だろう、」

森へ向けて救急ボオトは発進した。運河は郊外の住宅地をぬけたあたりから、水門を越えるたびに雪化粧した深い樹木の中へはいってゆく。S／U《エスユー》境界市の環境を維持するために前世紀に植林された地域だが、時を経て林冠の密度は高まり、常春藤《きづた》など繁るにまかせてあった。歳月の中で、かつて植物群の区分のために築いた石垣は崩れ、湿地が生まれては消え、また雨水があふれて根元を抉《えぐ》った結果、倒木や幹折れによって、植林のなごりはほとんど失せ、野生が勝った。それでも、地ならしした小径や石造りの古い天文台、蔦《つた》に埋もれた観測所の廃墟に、あるかなしかの人工的な気配が残っている。

　森林地帯の地図は数年おきに新しく作成されたが、しだいに調査困難な地域が増え、生徒たちの立ち入り禁止区域も拡大した。スワンは従順に規則を守る生徒ではなかったが、興味の対象が常に森へ向くわけでもなかった。ごくたまに天文台跡の史跡とも記念碑ともつかない廃墟や、それほど遠い過去のものではない電信所の廃屋などへ近づくていどだ。それも、居住者のいる住宅からの距離が一キロ以内の、森林域全体にくらべれば、ほんの縁《へり》にすぎない。それより奥はタブレット型ラジオの通信機能が圏外になってしまうのだ。S／U境界市の学校生徒に、電波の届かないところへゆく習慣はなかった。

　森深くへはいるにつれ、スワンの螺旋器は、ますます鮮明に反応した。救急ボオトの行き先は、彼の感覚がとらえた方向とはそれつつあった。しかし、医師の手にある小型の探知機《レーダー》は、カイトが知らせてきた座標へと確実に近づいてゆく。やがて運河によって左右へ割《さ》かれた雪景色の中に函型《はこがた》の管理棟が見え、つづいて黒々とたたずむ水門があらわれた。

白い建物ではあるが、雪の反射で黒ずんで見えた。タイル敷きの露台が張りだした古風な様式だ。カイトは、水門へつづく突堤で出迎えていた。医師もボオトの舳先《みよし》に立って、接岸と同時に堤へ飛び移り、カイトとのあいだで短いやりとりを交わした。その後、医師は助手や衛生士からなるチームを引き連れて管理事務所の中へはいった。最後にボオトを降りたスワンを、カイトが待ちかまえて軽く頭を小突いた。

「家にいろと云っただろう、」

「ヒヴァの見舞いに、総合病院へいこうと思ったんだ、」

「ここは、反対方向だよ。」

「気が変わったんだ。……α《アルファ》はまだ見つからないの？　兄さんなら、すぐ探しだせると思ったのに、」

「……見つけたよ、」

「どこ？」

カイトは、運河の対岸へ視線を投げかけた。水門の支柱へ架け渡した作業橋が、対岸への連絡路だが、雪の重みで撓《しな》った太い枝が途中をふさいでいる。積もった雪に埋もれた標識は進入禁止をあらわし、そこから先が未整備の地域だと知れた。

「無菌容器《インキュベーター》に収容してある。」

安否をあいまいにしたその口ぶりは、スワンに不安をいだかせるものだった。

「無事なんだよね、」

「衰弱してる、」

「……だから？」

カイトがふだん以上に寡黙なときは、状況が悪い証拠だった。カイトは即答を避け、視線を白い建物のほうへ移した。透明な搬送パックに横たわった患者が、救急ボオトへ運ばれるところだ。まもなく医療チームも乗りこみ、タラップが格納された。カイトはスワンの肩を押すようにして突堤へ近づき、船上の医師を呼びとめた。

「医師《ドクター》、申し訳ありませんが、スワンを総合病院まで連れていってもらえませんか？」

「きみのボオトで一緒に帰るんじゃなかったのか？」

「私は、運河沿いのほかの施設も巡回してみようと思うんです。単身の職員も多いので、入院の必要な患者が連絡不能のまま、残されている可能性もある。スワンは、総合病院へ入院した学校友だちの容体を気にしているんです。」

「それなら、乗せていこう、」

「……兄さん、ぼくはいかない。……装置を探すんだ。あれが見つかれば、α《アルファ》は《AVIALY》へ戻れるんだろう?」

「何の装置だって?」

医師がスワンをうながしながら訊ねた。ボオトの舷《ふなべり》と岸はそれほど離れていない。タラップがなくても、スワンの跳躍力があれば飛びこせる距離だ。

「スワン、」

カイトの鋭い声がひびいた。

「グズグズせずに、云うことを聞け。緊急の患者がいるんだ。誰のせいで発進できないと思ってる?」

兄は二度までは云わない。スワンが自らボオトへ乗りこまなければ、力ずくでも従わせるだろう。おそらく鳩尾《みぞおち》に一撃を喰らい、失神したところをかかえこまれるのだ。スワンは奇策に出るほかはない。兄に従うふりをして跳躍し、わざと舷を踏みはずした。

運河へ落ちたスワンは、ボオトにそって移動しながら外套と衿巻《マフラー》を脱ぎ捨て、そのまま対岸まで泳いだ。カイトもすぐに飛びこんで後を追ってくる。運河の幅は、二十メートルほどだ。気が昂ぶっていたせいか、スワンは水の冷たさや躰の重さを感じなかった。じきに対岸へ這いあがり、ボオトの医師へ呼びかけた。

「……医師《ドクター》、ぼくは大丈夫です。……どうか、出発してください。緊急ボオトなんですから、……早く、」

医師は、カイトが水中へ躰を浮かせてうなずいたのをうけ、操舵室へ指示を出した。ボオトはサイレンをひびかせながら岸を離れていった。船体はまもなく樹木のかげになり、なおしばらく赤色回転灯があたりを照らしていたが、それもやがて見えなくなった。

兄を待たず、スワンは水にぬれたセーターを脱いで樹林の中へはいった。ぬれた髪と蔓草が半ば凍った状態で肩や背中へまとわりついて冷たい。頭上の梢からはとけだした雪が滴《しずく》となって垂れ、冷たい水が容赦なく降りそそいだ。そのうえ、毛先はすぐに茂みの鋸歯《きょし》や茨《いばら》にからまって始末が悪い。棘《とげ》植物の攻撃は執拗《しつよう》で、強引に進もうとするスワンの胸や腕には、掻《か》き傷が無数に増えてゆく。

樹齢がほぼひとしく見える同種の幹の配列は、かつておこなわれた間伐《かんばつ》や枝打ちのなごりだ。しかし密に繁る頑丈な樹冠も、雪にはたちうちできない。枝は雪の重みで撓《しな》うなりに地面へ押したおされ、雪が凍るにつれていっそう伏した。それが午后になって陽を浴び、かぶさった雪のとけるのを待って、少しずつおきあがった。

密に茂った葉むらの天蓋《キャノピー》にも窓があく。ふだんは小暗いかげに、光が降りそそぎ、雪の表面に天《そら》の青が映えて冴々と白く光った。そんな奇跡的に射しこむ日射しを待ちわびた草が、雪の中で芽吹き、自らの熱でつくった小さな窪みへおさまっている。名も知らない草の、機をとらえ、すかさず伸びる旺盛な姿はスワンを強くとらえた。

廃墟の苔むした石像と変わらない古木の灰緑の樹皮にも、翡翠《みどり》の新芽が芽吹き、彼らが老いてもなお地中の水分を吸いあげ、林冠では生き生きと呼吸しているのだと気づかせた。

無菌容器《インキユベーター》は、天窓の光がそそぐまっさらな雪の上にあった。梢から連なって落ちる滴は、とけはじめた雪の表面に小さな穴をあけてゆく。そこへ熱が溜まり、雪どけ水はさらに窪みを大きくした。雪の結晶と水滴はたがいに光を放ち、天へ伸びる淡いもやが生まれた。スワンは、泡の集合体である透明な容器の中に、横たわって動かないおぼろな人影を認めた。αにちがいない。凝視したまま声の出ないスワンの肩を、背後からカイトがそっとつかんだ。

「今は、まだ眠っているだけだ。」

「……どうなるの？」

「無菌容器《インキユベーター》は、収容した個体が息を引きとれば、自然にそれを溶解し、やがては容器もろとも分解する装置だ。」

スワンは兄のほうへ向きなおって、精いっぱいその腕を強くつかんだ。

「そんなことを訊《き》いたわけじゃない。病院へ連れていこうよ。医師《ドクター》に診てもらうんだ、」

こんなときにはかえって静謐《せいひつ》な表情になるカイトは、琥珀《アンバー》色のまなざしでスワンを見すえた。

「……残念ながら、ここの医者では無理なんだ。」

「それじゃ、ぼくがα《アルファ》と〈同調《シンクロ》〉すればどうなんだ？　彼が持つ細胞《セル》でマラカイト・ビーンズを培養して、栄養を補給できれば、回復するんだろう？」

スワンの肩へそえたカイトの指先に力がはいった。

「冷静になれよ。ピエロたちが何を云ったか知らないが、おまえは彼らの王子じゃない。ピエロ‐α《アルファ》と〈同調《シンクロ》〉したところで、彼を救えるとは限らないし、マラカイト・ビーンズを確実に培養できる保証もないんだ。」

「……王子でなくて、どうしてこんな蔓が生えてくるんだよ、」

「彼らの王子ではないと云ったんだ、」

「だったら、誰の王子なのさ、」

カイトも上半身の服を脱ぎ去っている。ぬれた髪のはじく滴《しずく》が、光をおびて褐色の肌をつたう。カイトは毛先の滴を指ではらい落とした。

「……解らないのか。何年、一緒にいると思ってるんだ。十年や二十年じゃない。……おまえは都合よく忘れる性質《たち》だから、どうせおぼえていないだろうけど。……それもいいさ。《超《リープ》》先で、すぐ馴染むのに役立つならね、」

「……カイト、」

雪をまとった樹木の輪郭は薄闇に包まれ、たがいに融け合いつつあった。ときおり呻《うめ》き声のようにひびくのは、雪の重さに耐えきれなくなった幹が、軋《きし》む音だ。陽がかたむくにつれ、気温も低くなる。スワンが寒さを感覚としてとらえたとたん、発芽していなかった水ぶくれが裂けて新たな蔓が延びはじめた。盛んに葉を繁らせ、スワンの躰を包みこんでゆく。葉軸の先端に螺旋の巻きひげがあらわれ、つかまるものを求めて浮遊した。蔓が活発に延びるにつれてスワンの体温もあがり、躰が火《ほ》照《て》った。それほど遠くないところから、内耳へ直接ひびく振動音が聞こえてくる。スワンは、視点の定まらない虚《うつろ》な表情であたりを見まわした。

「α《アルファ》の流線型装置は、この近くにあるんだ。装置さえあれば、たとえ意識がすぐに戻らなくても彼は《AVIALY》へ帰還できるんだろう?　……戻って治療すれば、」

「可能性はある。流線型装置は、帰還するだけなら自動制御でいい。」

　暮れかけた運河の水面に、去ってゆく雪雲が連なって映った。水門の黒ずんだ支柱や梁《はり》の表面は、はやくもうっすらと凍っている。スワンはカイトとともに運河の対岸へ戻った。人気《ひとけ》の跡絶えた運河管理事務所の函型《はこがた》の建物を通りこし、奥まった樹林へはいってゆく。スワンの螺旋器は、その方角で強く反応するのである。

009

Topic news 絶滅植物⑨
ホンゴウソウ　学名　Andrurig japonica
(Apocalisse di Pianta Lista《リスト》-Tr-003-0007)

科学的な根拠が求められ、精密な分類をすることに意義のあった時代、身体組織の一部が植物化する生物の存在など、神話としか思われなかった。特異な性質を持つ生物ほど発見もまれで、短命でもある。その結果、多くの重要な生物は、幻想詩人と分類学者のあいだでしか知られず、その時代に生きた人々の目に触れることなく絶滅したものが多い。動物性と植物性の双方の特徴を併せもつ粘菌も、しばしば擬人的な幻想を抱く人々のあいだでのみ、語られてきた。

本種は、常緑樹林の林床に生える腐生植物で、内生菌との共生をする。これらの発見されにくい植物は、原始的であるか超進化系であるかの極端な評価をうけていたようだ。水蓮などの水生植物の近縁とも考えられた。分子レベルでの研究が進む以前に個体数がへり、結局は解明されていない。

同じ時代に「奇々怪々」との異名を持つ、腐生植物が新発見された。雄しべと雌しべの位置が逆転する点で、書斎派の分類学者を悩ませた。私見だが、植物学者は悩まなかったと思うのである。フィールドワークをしている者ほど、〈境界〉を超えることへの抵抗は希薄だ。たとえ、越境者を発見しても、さほどおどろくまい。しかし、むろん〈超《リープ》〉に際して、私が細心の注意を怠ることはない。〈両生類《アンフィビアン》〉がごくふつうに存在する〈AVIALY《エービアリイ》〉で暮らすわれわれは、数千年も隔てて生きた人々の科学にたいする高い信頼に、敬意を表する。しかしながら、〈超《リープ》〉を経験して感ずるのは、権威的な人々に比べ、ごく一般の市民は、より柔軟だ。悪く云えば、いいかげんである。彼らは、「死せる少年の躰《からだ》」を起源とする花の伝承を、脈々と六千年以上も持ちつづけた人々なのだ。

それが神話として語りつがれた背景には、実物を目撃したいという欲望があっただろう。ただ、当時の人々は、専門家が科学的でないと一蹴すれば、それを神話と心得る従順さをそなえてもいた。欲望によって、風景や生物を作り出したりはしないのだ。彼らの素朴な科学を支えたのは、云うまでもなく、植物相《フロラ》がゴンドワナ大陸の分裂以来四千五百万年にもわたり、〈休息期間〉を過ごしてしまったからである。

植物相《フロラ》がふたたび極端な選択による変容をはじめたとき、彼らなみの世代交替が不可能なわれわれの祖は、Sial《地上》を放棄せざるを得なかった。そのようにして〈AVIALY〉は生まれたのだ。（特派員Sala《サラ》　Ck-Site　ANSA発）

S／U《エスユー》境界市の雪が降りやんだあとも、外輪山の頂《いただき》には重たげな雪雲が残った。その雲の真下ではまだ雪が降りつづけ、尾根を白く烟《けむ》らせた。氷雪まじりの雲霧は、山の斜面をゆっくりとくだり降りてくる。ふだんは濃い緑をなす照葉樹林の葉むらは、おおかたが雪をかぶって白い。密に繁る堅牢な樹木も、ひと晩じゅう降りつづいた雪の重みには耐えきれず、枝を撓《しな》らせて深くうなだれた。雪はそこから吹きこんで、あたりを白くおおった。

降雪の一夜が明けて、すきまのできた樹冠からは何日かぶり、ときには何年かぶりにもなる陽《ひ》が樹林の奥へ深々とさしこんだ。森林域はいつにない明るさに包まれた。しかし、雪がとけるにつれてうつぶせた枝はおきあがり、またもとどおりに木《こ》のまを塞《ふさ》いでゆく。とけ残った雪の面《おもて》へ、梢から落ちた滴《しずく》がしきりに穴を穿《うが》った。

スワンが螺旋器の誘《いざな》うままに足を踏みいれた樹林には、夕暮れの淡《あわ》い光がさしていた。幾筋もの縦糸を連ね、やがてスワンをひとつの池へと導いた。おおいかぶさる葉むらはまばらで、潤沢な水のあふれた池の面《おもて》へ天《そら》が映った。

上空を雪雲が駆けぬけるたびに水面もかげり、群れ泳ぐ小魚《いさな》が、銀鱗《ぎんりん》を一瞬にして翻した。と見えたのは錯覚で、どこにも小魚の姿はない。水面へ吹きこむ一陣の風のしわざだった。漣《さざなみ》は鱗《うろこ》のように光を跳ね返し、新たな方向へ突き進む。そのうちに日暮れがせまり、池はいつしか滄《あお》く静まった。

池畔は、足跡ひとつない手つかずの雪に埋もれ、その反射で周辺の幹や枝が黒ずんで見えた。葉ずれの音にかわって、凍った樹の軋《きし》む音が聞こえる。梢へ積もった雪は絶えまなく水滴を落とし、異なるいくつもの時を刻んだ。汀《みぎわ》では重なりあった水の輪の中から新しく波紋が生まれ、静かに対岸へひろがった。

この池の存在は、カイトも知らなかったらしく、意外そうに周囲を眺めた。彼は水辺へしゃがんで指先を涵《ひた》し、すくいあげた水をのんだ。

「旨《うま》いな。」

忽然《こつぜん》とあらわれた池は、運河や川の流れとは孤立している。池の央《なか》ほどの水面がしきりに泡だち、新しい水の湧く気配があった。スワンの螺旋器の顫《ふる》えは、その池の周囲で強くなる。耳鳴りは失せ、音とも声ともつかない心地よい波長が伝わった。

降り積もったままの澄明で無垢な雪は、池の面を仄《ほの》かに照らした。しかし、そんな雪明かりも水の中を見通すには弱く、水面は陰影を深めるばかりだ。一歩前へ踏みだしたスワンを、背後のカイトがとらえた。

「無茶をするな、」

「でも、水の中へはいってみなきゃ解らない。……確かめたいんだ。」

「だったら、おまえはここにいろ。おれが行くから、」

そう云うなり、カイトはスワンの鳩尾《みぞおち》へ一撃を加えようとした。ふだんのスワンならば、敢《あ》えなく気絶させられている。だが、いかに彼の動きがカイトに劣るとしても、日に何度も同じ手は喰わない。救急ボオトのときと同様、兄の隙《すき》をついて腕をふりほどき、水の中へ飛びこんだ。

「スワン、」

カイトもすぐに追って、まもなく水の中でスワンをつかまえた。こんどはスワンに抗う余地をあたえない。動きを封じられたスワンは、兄の腕の中でおとなしくするほかはなかった。柔らかい筋肉におおわれた兄の上膊《じょうはく》に寄りそうのは心地よくもある。カイトは、不意に強くスワンをかかえた。

「おまえ、α《アルファ》と何をしたんだ?」

「……何って?」

「さっきおまえが、おれの動きを予測できたのは、おそらく偶然じゃない。おまえの内部《なか》で何かが変化したんだ、」

スワンの躰から延びた蔓は、髪とからみあって水面へひろがった。カイトはそれを指ですくいあげた。

「こうして、かなりの勢いで蔓が延びても、すぐには眠くならない。……たぶん、α《アルファ》の持つ身体機能が浸透したからさ。ピエロたちは、そんな浸蝕をうけないための絶縁体を持っている。だが、おまえは何かのきっかけで無意識にαの絶縁体をこえ、彼を浸蝕したんだ、」

「……こえてはいけなかった？」

「誰も王子の意志を止めることなどできないさ、」

「α《アルファ》は解放されたがっていたんだ。でも、ぼくは抱きしめる以外、なにもできなかった。」

「……それで充分だ、」

池は見かけほど深くなく、スワンの首が浸かるくらいまでしかない。暗色だった水面は、心なしか淡い光をおびている。たったひとつの泡から小さな水の輪が生まれ、それが幾重にもひろがった。スワンはカイトに導かれて池畔へ戻り、水際へ打ちよせる波紋に目を凝らした。水の輪は、ますます鮮明に浮かびあがった。

「兄さん、あそこに……何かある、」

池の央《なか》ほどで水音がひびき、不意にひと群の葉が浮かびあがった。それは凝縮された茎の集まりらしく、しだいに解《ほぐ》れ、水中へ沈んだ個々の先端組織をあいついで浮上させた。水面へあらわれた蔓は、そこからさらに延びてゆく。ときには、うなだれた茎が勢いよく躍りあがり、一メートルほど延びたところで枝分かれした。

水の面へ浮かんで池畔を目指す蔓もあった。先端をやや持ちあげ、川へびのように茎をくねらせる。岸へたどりついた蔓は、手近な幹をよじのぼり、枝々へからみついた。蔓の先は枝と触れるたびに、刺激によって巻きつき、茎も延びた。野放図にはびこってゆくのを、スワンは声もなく、ただ呆然と見とどけた。カイトは一点へまなざしをすえ、瞬《まばた》きひとつしない。そうしながら、彼らは周囲へ延びてくる蔓を退け、頭上をただよう巻きひげを手ではらった。たえず避《よ》けていなければ、蔓はたちまち彼らの躰も巻きこんで、近くの幹へたどりつこうとする。

張りだした枝先へ達した蔓は、巻きつくものを失って垂れさがり、ふたたび水の中へ浸かった。着水をきっかけにして、蔓の先端へ角のような蕾《つぼみ》があらわれた。三日月形に膨《ふく》らみ、かすかな孔雀《くじやく》色《いろ》をおびている。

「……スワン、あれがマラカイト・ビーンズの花だ。」

やがて旗弁《きべん》と翼弁《よくべん》、それに尖った竜骨弁《りゅうこつべん》とを持つ花が次々にひらいた。その内部《なか》には頭部が羽冠状になった雄しべが密《かく》れ、小さな蜂の訪れを待っている。薄闇で蜂の姿は見えないが、夕もやにまぎれていずこからともなく集まる。花はそれぞれかすかに慄《ふる》え、その刺激で花粉をほとばしらせた。仄《ほの》かな薫りとともに、いつしか水の面《おもて》は白くおおわれた。

役目を終えた花冠は、雄しべの花糸《かし》ごと落下する。花の落ちた茎の先端にはコブ状の突起が残り、それが果実となるのだ。枝垂《しだ》れたり、からみついたりしたままの蔓に、いつしか孔雀色の鞘《さや》が無数に実った。

「スワン、手をかせ。蔓をたぐりよせて、王子を岸へ導くんだ。向こう岸の蔓を切ってこい。」

「……王子、……あれ……が？」

ぼんやりするスワンに、カイトはポケットから折りたたみナイフをとりだして預けた。

「さあ、早くいけ。」

厳しい声が飛んだ。スワンは雪を踏みわけて池畔をめぐり、兄の指示どおり蔓を切って歩いた。降り積もった雪の表面は薄く凍り、水滴の穿った穴や窪みを残したまま固まっている。雪は深く、スワンは踏みこむたびに膝上までもぐった。池の畔へたどりついた蔓は、雪の上を這ってさらに延びてゆこうとする。

スワンは余分な考えを持たず、無心に蔓を断ち切った。感触は、ふつうの植物と変わらない。王子が水の中へ沈んでいるとして、それが何を意味するのか、スワンには予測もつかなかった。ただ、α の流線型装置が未だに見つからないことだけは確かだ。

池を周回して戻ったスワンは、こんどは一本の蔓を手渡された。自然に手首へからまってくる。スワンは螺旋器と呼応するシグナルを感じとった。もはやそれは耳鳴りや痛みではなく、スワンの躰を心地よく刺激した。

「何もしなくていい。ただ、それをつかんでいてくれ、」

カイトは数本の蔓を巧みにたぐり寄せた。浮草は、しだいに岸へと近づいてくる。よぶんな葉は少しずつ離れてゆき、かわって水の面にはゼリー状の塊が浮かびあがった。無数の小さな泡沫がとりまいている。カイトはふたたび水につかり、塊を静かに抱きかかえた。スワンには、泡状の皮膜しか見えなかった。泡と泡とは密に集まり、重層をなしている。

　しかし、カイトが立ちあがって水中から引き揚げたのは、まちがいなくひとりの少年だった。無数の泡に包まれてはいるが、胸郭《きょうかく》の動きで呼吸《いき》をしているのだと解った。少年は泡の中で唇をうすくひらき、菫青《パンシエロ》の睛《め》で虚空を見つめた。鳶色《とびいろ》の短い髪だが、頭頂から額にかけて奇妙な紋を描く蜜色の鬣《たてがみ》があった。それは、前髪で隠したスワンの生えぎわとそっくり同じだ。

「スワン、引きずっている蔓も切り落としてくれ、」

　指示されるままに、スワンは少年の躰から延びて雪の上へ垂れる蔓を切った。

「兄さん、……これはどういうこと？」

　カイトはすでに王子を腕にかかえ、雪の中を歩きだしている。

「説明は後だ。とにかくピエロ‐α《アルファ》のところへ急ごう。この王子を連れていけば、彼は助かるんだ。」

「ほんとうに？」

「ああ、これが群体《コロニー》Sの王子だよ、」

　スワンは、前をゆく兄の靴跡を忠実に追った。

「……流線型装置は？」

「この王子との〈同調《シンクロ》〉で機能が戻れば、α《アルファ》は自分で探しだすさ、」

「彼は意識がないんだよ、」

「意識がなくても、王子がまっとうなら〈同調《シンクロ》〉は可能だ。それぞれのプロトチュウブが反応する。〈両生類《アンフィビアン》〉のプロトチュウブは先端に、シグナルを送受信する感応器官があって、無菌容器《インキュベーター》で隔てられても繫《つな》がる。接触しなくても機能するんだ。」

カイトとスワンは雪をかきわけて進み、運河管理事務所へ戻った。樹林はいったんとぎれ、視界のひらけたところに薄暮の中にたなびく琥珀色《こはくいろ》の雲が見えた。暗色に深まってゆく夜天《そら》と鮮明に対比して、陽の沈んだ方角を示した。そこだけはまだ残照があり、運河を渡る水門は雪に映えて黒々と浮かびあがった。

水門の上の作業橋をわたって、兄弟は先ほどαを残してきた場所へたどりついた。昼間の温度で表面だけがとけた雪は、いびつな像《かたち》のままふたたび凍りつつある。素足のスワンは、雪の面《おもて》をとらえそこねて何度も足をすべらせそうになった。

無菌容器《インキュベーター》は、冷気でうっすらと白い。内部との寒暖の差で生じる曇りは、αが呼吸をしている証《あかし》だ。カイトはαの無菌容器のかたわらへ、透明な泡の皮膜に包まれた王子を寝かせた。平らな雪の上で、皮膜は自然に像《フォルム》をととのえ、αの無菌容器とほぼ同じ大きさに膨らんだ。

はじめに蔓が反応した。わずかずつ、先端を無菌容器のほうへ延ばしてゆく。その一方で、いくつもの蕾を膨らませ、先端を孔雀色に染めた花が鳥のように群がって咲いた。無菌容器へからみついた巻きひげと蔓は、しだいにそれを包みこんでゆく。成長はおどろくほど早く、無菌容器の表面が見えなくなるまで、さほど時間はかからなかった。

「寒くないか?」

カイトはスワンの躰を引きよせた。たがいに冷えきってはいたが、不思議に芯まで凍えていない。正確に脈打つ兄の搏動が、背中から伝わった。

「兄さんこそ、水浸しだ。」

そのわりに、カイトは平気な顔でいる。体温も奪われてはいないようだった。スワンは遠慮なくカイトの腕の中へ躰をあずけた。カイトもこころよくそれを容《ゆる》した。

「おたがいこれで風邪《かぜ》をひいたら、まるっきり洒落《しゃれ》にならないな。〈原初〉の王子と、《超《リーフ》》事故をおこした王子が、偶然に瓜二つだったというのと同じくらいにばかげてる。」

「……え?」

「見ろ、α《アルファ》が目をさました。」

カイトは、スワンの意識を無菌容器《インキユベーター》へ向けさせた。泡状の容器は内側から少しずつこわれ、空洞がひろがった。ひとつの泡が消えるたびに、像《フォルム》は変化する。やがて密にからみついた蔓をかいくぐってαが姿をあらわした。

彼は、マラカイト・ビーンズを繁らせたかたわらの王子を見つけ、茫然《ぼうぜん》となっている。カイトとスワンがたたずんでいるのには、いっこう気づかない。

「ピエロ‐α《アルファ》、」

呼びかけるカイトの声で、αはようやく顔をあげた。

「スワンはここにいる。心配しなくていい。それはきみたちの、ほんとうの王子だ。ずっと、この森の中で眠っていたんだ。おそらく、きみが来るのを待っていたんだろう、」

スワンの予想に反して、αの表情に悦《よろこ》びはあらわれなかった。途惑いが強く働いている。

「……待つ？　……このぼくを、」

「そうだ。王子は、きみのために、こうしてマラカイト・ビーンズを育てているんだ。きみと離れ離れになったときから、ずっと、この日を待っていたにちがいない。」

カイトは、氷雪に埋もれていた王子が、雪どけのたびに壁面をくだりながら、長い年月をかけて森林域までたどりついたのだろうと推測した。その後、森の中で静かに眠っていた王子は、樹冠から不意にさしこんだ光の刺激で久しぶりに息を吹き返し、マラカイト・ビーンズの発芽を開始したのだ。王子の発する熱は雪をとかして潦《みずたまり》をひろげ、いつしかあのような池になった。

「……眠ったままでいたなんて、……どこかで暮らしていると……信じたかった……のに、」

「それが、王子の幸福だと思うのか?」

「……だって、王子は、……スワンは、……そうやって自らの意志と感情を持って暮らしている。……どの王子だって、それをのぞむはずだ。あなただって、そう思ってスワンを《AVIALY》から連れだしたんだ、……カイト、」

「連れだしたわけじゃない。スワンは、はじめから Sial《地上》の住人なんだ。おれは、見つけただけだ。……〈原初〉の王子をね、」

「〈原初〉の、……スワンが?」

鞘《さや》のはじける音がひびいた。雪の上へ真珠ほどの大きさの孔雀色の豆が、パラパラとちらばった。

「……王子、」

αは傍《かたわら》へ手を伸ばし、眠っている王子の甲虫紋《スカラベ》を撫でた。王子は虚《うつろ》なまなざしを、どこともつかない天《そら》へ向け、口許《くちもと》をわずかにひらいている。スワンは王子が歌う声を聞きとった。ここ数日、彼を悩ませた耳鳴りと同じく、螺旋器の顫《ふる》えによってスワンは全身でその音を感じとった。

王子の細い腕は蔓や巻きひげのように伸びて、αの躰へからみついた。王子の菫《パンシエロ》青の睛《め》には夜天《そら》の星が映っている。それを見つめるαの躰が不意に慄《ふる》え、王子のほほに滴がこぼれた。こんどはαの嗚咽がもれてくる。

「ピエロ - α《アルファ》、王子は自由の身になるより、きみが来るのを待ってマラカイト・ビーンズを培養しつづけるほうを選んだんだよ。それが、王子の幸福なんだ。きみがそばにいてやらなくてどうする、」

αはうなずきながら、王子のぬれた髪を撫で、ほほを指先でぬぐった。それから、頭を抱きかかえて唇を重ねた。王子とαとのあいだでおこっている感覚の浸透は、螺旋器の顫えを通してスワンにもつたわってくる。彼らは唇を触れあったまま、ひとしい呼吸をつづけた。

王子の手脚が奇妙に動いたのはそのときである。蔓の延長にしか見えなかった腕が、こんどは明確な意志のあらわれとして、αの腕をとらえた。

「……いつまで待たせる気なんだよ。」

王子の口から鮮明な声がもれた。おどろいたαは躰をおこそうとしたが、逆に王子がそれをとらえた。αをあおむけにして、両手で彼のほほを包みこんだ。

「ピエロ‐α《アルファ》、きみのいない場所で、どうやって幸福になれと云うんだ。」

「……王子、」

「α《アルファ》の、こんな弱った姿は見たくない。……どうしたんだ？　ほら、スワンミルクをのめよ、」

手首に根づいた蔓を、王子は自分で強引に引きぬいた。その傷口から滴《したた》るのは、乳白の液体だった。αは差しだされた傷口へ唇を触れた。そうするだけで、傷口はふさがり、ゲル状の皮膜におおわれる。いずれそれも燥《かわ》いて、傷が治癒するのだ。

王子はもう一方の手を伸ばして鞘を摘み、孔雀色の種子をとりだした。それをひと粒ずつα《アルファ》の口許《くちもと》へ持っていった。αはそれを素直に口へ含んだ。

「……α、このままどこかへ《超《リープ》》しないか？」

王子は、カイトやスワンの存在を少しも意識しない。ピエロ‐αだけが、王子の視界を占めている。

「どこへ？」

「……こんどは南がいい。雪はもう飽きるほど見たよ、」

カイトはスワンをうながして、水門のある突堤へ戻る路を歩きだした。もう、立ち去っても平気だと判断したのである。

「スワン、」

呼びとめたのは、αだった。彼は王子のかたわらを離れ、雪を踏み分け、足早にスワンへ追いついてきた。

「これを、」

αが差しだしたのは、ほんの数ミリしかない小さな種子だ。薄い紙に包んである。

「野生のニオイスミレだよ。森の中で見つけたんだ。」

スワンはそれをうけとって、αの手を軽く握り返した。

「流線型装置の在り処は、もう感知できるんだよね？」

「ありがとう。大丈夫だ、」

αは確信を持って森の中へ視線を向けた。彼はもう、反射波を感じとっているにちがいない。ふたりは今いちど握手を交わして別れた。歩きだしたスワンの背後で、αの気配はいつまでも消えなかったが、彼はふりかえらずに先を急いだ。ふりかえれば、別れがたくなる。スワンは水門の作業橋でようやく足をとめた。そこからはもう、雪の中に雑然とからみあう草樹が奥深くつづく光景しか見えなかった。

カイトの乗ってきた小型ボオトは、運河の対岸へつないであった。カイトは先に戻り、スワンが追いついてくるのを待っていた。操舵席と助手席だけが弓なりの天蓋《キャノピー》にすっぽり収まる。乗りこんだスワンは、兄に手渡された備えつけの毛布にくるまり、助手席へ埋もれた。内部はすでに暖房で暖かく、スワンの冷えた躰がこんどはじわじわと火照《ほて》った。カイトはぬれた服を脱ぎ、素肌に荷物用の雨覆いを巻きつけている。均整のとれた躰は、少しも凍えた気配がない。モーターの心地よい振動を数回くりかえした後、ボオトはゆるやかに発進した。前照灯が射すところだけ、波紋のたゆたうさまが見えた。

「兄さんも、毛布を半分使いなよ、」

スワンは毛布の端を差しだした。

「おれはいいよ。ヤワなおまえとはちがう。ISFA《イスファ》の耐寒訓練をうけているんだ。それに、どのみちその毛布の半分じゃ足りない。」

「だったら、一緒にくるまったらどうかな。ぼくが兄さんの膝の上へのって、」

「おまえと抱きあってどうするんだ、」

「……兄さんって、ヘテロだったの？」

「……って、おまえはちがうのか？」

「ぼくは、どっちでもいいんだ。気にしてないから、」

一瞬、眉をよせたカイトは、運河の幅がひろがったところで操縦桿《かん》から手を放し、操作を手もとのゾンデに切りかえた。手のひらにおさまる小さなゾンデひとつでボオトは自在に動く。カイトは座席へもたれかかって、小さく息をついた。

「云いたくはないが、人の迷惑を考えて、少しは気にしたほうがいいぜ、」

「どうして？」

「おまえは、おれの話をてんで聞いてないんだな。王子の躰はプロトチュウブ型《タイプ》なんだよ。おまけに先端器官に飛びぬけた感応力がある。機能さえまともなら、接触しなくたって〈同調《シンクロ》〉するんだ。しかも、その気がなくてもな、」

「そんなこと知るもんか。ぼくにはプロトチュウブなんて器官はないし、……王子のはずもない。ぼくの躰のど……こがプロトチュウブ型なん……だよ。……そんな型の……人間を見たことがない……ぜ。……伸び……るって……何が……？」

途中から、スワンは平常心ではいられなくなった。熱のせいなのか、王子を目撃した興奮が残っているからなのか、毛布にくるまった彼の躰が暴走しはじめた。耳の後ろでは早くも若緑の蔓が巻きひげをゆらめかせている。腋窩《えきか》や鳩尾も例外ではなく、葉や巻きひげが節から分離するたびに、毛布の中が窮屈になった。早くもすきまから蔓の先端をのぞかせているものさえある。

だが、スワンがうろたえていたのは、そんな無意識の産物ではなく、もっと断固とした感覚のほうだった。彼は、プロトチュウブが何かを理解した。しかもそれは、カイトにたいしての反応なのだ。スワンは、螺旋器が、身近な存在と共振するのを感じとった。

「……〈同調《シンクロ》〉してる、」

「ああ、そうみたいだな。」

カイトは平然と応じ、方向舵《かじ》と連動するゾンデを手にして、座席へ深々ともたれたままボートを制御した。蛇行する運河を、ボートはなめらかに進んだ。表情をこわばらせたスワンの耳許へ、カイトがささやいた。

「心配するな。おれはピエロじゃないから、〈同調《シンクロ》〉しても昏睡状態にはならない。」

「……だったら、どうしてこうなるんだ？」

「おまえも勘が悪いな、」

カイトは片手を生えぎわへやり、額《ひたい》にふりかかる髪をかきあげた。そこには、スワンと同じ甲虫紋《スカラベ》があった。彼の亜麻色《フラックス》の髪にまじる銀糸は、鬣《たてがみ》が織りなす色だったのだ。一緒に暮らしていて、スワンは少しも気づかなかった。唖然とする彼のほほへ、カイトが軽く接吻した。

「〈両生類《アンフィビアン》〉は、ふつう生まれてから数週間で分化するのに、おれは王子にもピエロにも特化しなかったんだ。まれに、そういうことがおこる。おれの場合は、周期的に変わるんだ。ピエロのときはおまえと〈同調《シンクロ》〉しやすくなるし、王子の体質があらわれるときは、なにかの拍子に細胞《セル》がはいりこめば発芽するのさ。〝ピアンタジオ〟の生産計画に役立ってるよ。連中は、おれがどこから稀少植物を持ちこむのかは知らないけどな。」

　スワンがくるまった毛布の外へあらわれた蔓の先端は、やがて星形に変形した。そこから五枚の葉がひらき、さらに三本の茎が延びて釣り鐘型の白い蕾をつけた。小さな提灯《ランタン》といった風情だ。

「これは何の花?」

「ピアネッタ・ブルー。今に派手な花が咲くぜ。がく片が反りかえって、中から目の醒めるような青い花があらわれる。雌しべは星形の青い柱頭を持ち、それを囲む雄しべの花糸《かし》も青く、花より長く外へ飛び出すんだ。」

そうしているあいだにも蕾は殖《ふ》えつづけ、芳醇に薫りはじめた。膨らんだ蕾の中にある青い花は、白い服の粋な裏地のように見える。やがて五枚のがく片は勢いよく反りかえり、密《かく》れていた青い花が釣りさがった。まだ、羽化したばかりの蝶のように、夜霧にぬれた羽を折りたたみ、じっと動かない。しかし、いつしか襞《ひだ》をひろげ、花の縁《ふち》はいっそう濃い瑠璃色《るりいろ》に染まった。スワンはしだいにまぶたが重くなった。

「……眠くならないって、云ったのに、」

「それは、昏睡とはちがう。おまえは、自分の事情だけで勝手に〈同調《シンクロ》〉したあげく、いつだって途中で眠るだろう、」

「……いつの話？」

「だから、いつもだよ。おまけに、きれいさっぱり忘れる。ちょっと眠ったくらいで、どうしてそこまで記憶が吹っ飛ぶんだか、こっちが知りたいくらいだ。何にせよ、うらやましい体質だ。」

運河を走りぬけたボオトは、すでにロータリーと交叉する地下水道を進み、電氣会館の水上門をくぐった。外出禁止令はまだ解けず、あたりに人影は見えない。スワンは蔓だらけで毛布へくるまり、カイトは素肌に雨覆いをまとっただけの恰好だったが、誰に見とがめられもしなかった。彼らに非難を浴びせたのは、無菌容器《インキユベーター》の中のふたりだ。

「いったいいつまで待たせるんだよ。連絡ぐらいよこしたらどうなのさ、」

エレヴェエタを出たとたん、遠くで声がした。カイトは、繁茂するスワンの蔓をナイフで整理したあと、シャワーを浴びて温まるよう浴室へ追いたてた。蔓を切ったぶんだけ、スワンの眠気も解消する。彼は兄に従って浴室へ向かった。カイトは手早くガウンをはおり、ピエロたちのいるリビングルームへいった。無菌容器《インキユベーター》で動きまわっているのはひとりだけで、一方は眠っている。

「γ《ガンマ》は、ちょっと神経衰弱をおこしかけてたから、眠らせたんだ。……ほんとうは、α《アルフア》のことで参っていたんだ。」

βは神妙な顔で伝えた。

「α《アルフア》は、もう発ったよ、」

「……発ったって、どこへ？　流線型装置を見つけたのか？」

「見つかったさ。王子もね、」

「なんでだよ、王子なら、この家にいるじゃないか、」

「スワンは王子じゃない、」

カイトは、ごく当然の顔で告げた。

「それなら、どうして植物を培養できるんだよ。今だって、ピアネッタ・ブルーを咲かせていたじゃないか、」

「そういう体質なのさ。……さあ、きみたちも早々に引きはらってくれよ。〈少年期《ガキ》〉のピエロなどにいつまでも居座られては、おれとしてもいろいろと困るんだ、」

カイトは、無菌容器《インキユベーター》の表面に手を触れた。それはしだいに彼の指先のかたちにそって変形し、腕を伸ばすとともに無菌容器《インキユベーター》の内側へはいってゆく。そうして泡のひとつが消え、次へ進んでまたひとつ消える。くりかえすうちに通路ができあがった。

「カイト、よく解らないんだけど、」

外へ出たβが首をかしげた。

「なにが?」

「……スワンは今、ピアネッタ・ブルーを咲かせてただろう? この家を出てゆくまでは、スター・プランツだったんだ。いったい、いつ別の細胞《セル》がはいったんだ。それに、いったん花が咲きはじめたら、ピエロがいなければ、……中断させることなんてでき……ない……はずなのに、」

自ら正解を口にしたことに気づいたβは、白斑眼《ファキュラ》が鮮やかに浮かんだ睛《め》でカイトを凝視した。

「あなたは、ノーマル型じゃなく、ピエロだったのか。でも、それなら、……スワンは眠るはずだ。……なのに、どうして？」

βは急に思いついて、カイトの額《ひたい》へ手を伸ばした。しかし、すばやく身をかわしたカイトは、βの手をつかんで笑みを浮かべた。

「確かめてどうする？」

「……だって、」

「そんなことより、α《アルファ》を追わなくていいのか。彼は、もうとっくに流線型装置を見つけたはずだぜ。きみもピエロ‐γ《ガンマ》をおこして、出発しろ、」

γは無菌容器《インキユベーター》の中で眠っていた。βは軽く手をそえてゆりおこし、目をさましたγに何事か耳打ちした。γはすぐさま飛びおきた。

「……それなら、ほんものの王子はピエロ‐α《アルファ》にさらわれたってことか。彼、今ごろはプラズマを注入して、αの地位を確実にしてるんだぜ。ぼくら、こんなところで何をのんきにしてたんだろう。……まぬけな……話だ……、」

γが話の途中で口ごもったのは、背後の窓が突然眩しく煌《かがや》いたからだ。光源は窓を過《よぎ》って、ならび建つ二基の電波塔へ向かってゆく。浴室を出たスワンは、真正面から眩しい光を浴びた。白タイルの床には、海岸線の波紋のようにひろがるプリズムができ、バスローブをまとったスワンの躰にも紫や青のもやが浮かんだ。

〈スワン、またいつか逢おう〉

「……α《アルファ》、」

聴覚へじかにコンタクトしてくるαの声は、スワンだけでなくピエロたちにも認識できた。彼らの反応は素早い。

「〈門《ゲート》〉で合流するぜ、」

エレヴェエタへ向かって歩きだしたβは、肩ごしに二基の電波塔を指した。

「待てって云うのか？　冗談じゃない。下手なヤツらと一緒に還るなんてごめんだ、」

文句を云いながら流線型装置へ乗りこんだγは、スワンが声をかけるまもなく発進した。窓硝子がシャボン玉のように歪《ひず》んだと思ったときには、光の束はすでに外へ飛び出していた。

「これで、やっと落ちつける、」

リビングルームのソファへ腰をおろしたカイトは、遠のく流線型装置に向かってつぶやいた。数秒後、窓の外に見える二基の電波塔の間の闇へ、スミレ色の光をおびた三個の物体があいついで飛びこみ、見えなくなった。

010

Topic news 絶滅植物⑩
イチジク　Fig tree《フィグ　ツリー》　学名 Fious carica
(Apocalisse di Pianta Lista-Mo-001-0067)

創世記に聖なる樹木と記されたイチジクの仲間は、イチジクコバチ科の昆虫によってのみ花粉が運ばれる特殊な植物だ。果実に見える部分は花の変形であり、種子と思われる粒がほんとうの花である。コバチはその花が咲くときだけひらく特別の入り口から中へはいりこむ。ここは、極小のコバチしか通れない専用回路だ。花粉を持ちこむいっぽうで、その花の受精に欠かせない子房の中へ産卵をする。むろん、その子房は幼虫の餌になってしまう。これでは、種子を残せず、イチジクの戦略はまちがっているように思われるが、さにあらず。

実は、イチジクには雄株と雌株があり、雄株には雄花と雌花（虫えい花と呼ぶ）が咲く。先ほどのコバチがまんまとはいりこんだのは、この虫えい花なのだ。コバチの幼虫は子房を餌にして蛹《さなぎ》となり、羽化するまでを過ごしたのち、雌だけが外へ出る。そのさい、雄花の花粉をつけてゆく。これなら、種子はできなくとも花粉は運んでもらえるわけだ。コバチに狙われなかったほかの花が受精すれば種子もできる。そう単純に納得してもいい。

ところがイチジクの戦略は、コバチにもそれなりのリスクを負わせるものなのだ。雌株の状況をごらんいただこう。ここでは雌花だけが咲き、やはり特別の入り口がある。コバチはどこかで躰につけてきた花粉ごと中へはいり、イチジクの受粉の手助けとなる。さて、産卵しようとすれば、どうしたことか子房まで産卵管が届かない。イチジクの雌花の花柱（花粉管の伸びる通路）は、コバチの産卵管より長いからだ。気の毒に、産卵を果たせないコバチはここで命を落とし、イチジクはめでたく種子を残す。

これは、どうもイチジクの戦略勝ちとも思えるが、創世記が編みだされる遥か以前より進化と戦略とをくりかえしてきたこの両者。われわれは、イチジクが絶滅危惧種リストに顔を出した時代の文書から、コバチの変化を確認した。花の中へはいりこまずに外側から産卵をすませるための、長い産卵管を持つ進化系が出現したのである。花粉を運ばずに立ち去る彼らは、まさしく押し込み強盗だ。（特派員Sarda《サルダ》

Ae-Site　ANSA発）

特派員報告

《失われた花を求めて》第二回

かつて聖なる樹と呼ばれた植物は宗教や地域によってことなるものの、面白い共通項を持っている。先のTopic news ⑩で取りあげたイチジクをはじめ、ボダイジュ、パンノキ、パラミツ、クワなど、これすべてクワ科に属している。その仲間には「絞め殺し植物」の異名をとる、名うての乗っとり屋も含まれる。

このたび、〈超《リープ》〉を試みたのは、千年あまり遡った亜熱帯地域のM／M《エムド》環礁都市である。一本の木が森を作っているという話を聞き、是非とも訪ねたいと思った。昼の盛りに到着したせいか、海岸線に沿った径《みち》を歩く人影は見えず、鳥のさえずりや犬の吠え声すらしない。ただ、涼しげな緑陰が横たわり、近づいた私は、そこが一本の木の成長によってもたらされた一涼のオアシスであるのを見とどけた。しかし、森と呼ぶにはほど遠い。ハンモックが三つほど、枝から枝へ渡したロープで吊ってあり、つまりはそれがこの緑陰の定員というわけだ。

　そのハンモックのひとつにやすんでいた若者に話を聞いた。この地域に多い褐色の肌をした稀有な美貌の持ち主で、ところどころ銀糸のまじった亜麻色《フラックス》の長い髪と琥珀色《アンバー》の睛が印象的だ。彼は、〃聖なる森〃の在り処を知っていたばかりでなく、〈AVIALY《エービアリィ》〉の住民の興味を引きそうな、数奇話をつけ加えてくれた。〃聖なる森〃は古くから捨て子を育てる樹だと伝承されているそうだ。彼は〃聖なる森〃は、もともとは乳の樹だったと云う。

「葉の付け根のところから、乳白の樹液を出します。それが甘いので、子どもたちが好んで呑むのです。そのせいか、この樹の下へ捨て子を置いて行く人があとを絶ちません。……でも、その子たちは、実際に樹の下で育つわけではなく、孤児院へ連れていかれます。ただ、この土地の古老は、〃聖なる森〃の中に子どもがいると信じています。若い頃に見たというのです。」

　若者の案内で、〃聖なる森〃へ行ってみた。なだらかな円丘のあたりに、周囲が数百メートルの緑地帯が見える。そのすべてが一本の樹なのだと説明されても、そうたやすく納得できるものではない。枝をひろげすぎ、自らの重みに耐えきれずに折れてしまう樹の姿を、かつて何度も目撃した。

　イチジク属の樹木の特徴のひとつは、枝を横へ水平に延ばし、その枝から地上まで気根を垂らすことだ。それによって、水や養分を万遍なく枝々へ行きわたらせる。幹の成長とともに気根そのものも太ってゆくが、垂れさがって間もないものはまだ細い。先端は枝分かれしてたがいにからまり、使い古しの麻紐《あさひも》を吊るしたようである。

爪も髪も髭も、生やし放題、伸ばし放題といった風情なのだ。しかも、成長はいちじるしく早い。ほんの数十年で、樹齢何百年かと思わせる大樹に育つ。太りつづける幹と気根は、時とともに密になり、重なりあい、やがて癒着をはじめ、さらに成長する。ねじれや結び目も内包され、異物もとりこまれてゆく。〝聖なる森〟も、そのようにして形成されたのだ。

〝聖なる森〟の中へはいり、その旺盛な繁殖力に目を瞠《みは》る記者のかたわらで、若者が「実は、先ほどはお話ししなかったのですが」と思わせぶりに切りだした。

「その昔、この地方に厄災がふりかかるたび、それは天災よりも主に戦禍《せんか》でしたが、〝聖なる森〟も人々と運命をともにし、焼け落ちたり、深傷《ふかで》を負ったりしました。ただ、枯死することはなかったのです。新しい枝を接《つ》いでやれば、そこから枝を延ばし、気根を垂らして、やがてもとの樹を呑みこんで育つのです。枝を接ぐ行為を、人々は神聖な儀式と考えました。ですから、生《い》け贄《にえ》とする供物が必要となります。」

われわれ〈AVIALY〉で暮らすものにとって、古人《いにしえびと》の行う儀式ほど不可解なものはない。彼らが聖なるものを崇める儀式をおこない、供物を捧げるのは、人々のあいだにくすぶる禍根《かこん》を鎮めるためだ。したがって、敵対する群のもっとも弱い者が犠牲となる。若者が語るのも、まさにそれだった。

「勝利者であったこの土地の祖先は、隣国の王族でただひとり生き残った何番目かの王子を連れてきました。十二歳ほどの、まだほんの子どもでした。その王子を、〝聖なる森〟に捧げたのです。殺したわけではありません。王子はこの樹の下に軟禁され、木霊のよりしろと見なされました。ですから人々は、蔓で繋がれた王子に食べ物をあたえ、世話をします。〝聖なる森〟もそれに報《こた》え、戦禍をうける以前のように枝をひろげ、幾筋もの気根を垂らしました。やがて王子の手脚にも、からみつき、樹の勢いが回復するにつれ、地面に坐っていた王子の躰は、少しずつ持ちあげられたのです。気根の成長は大変はやく、いつしか王子の姿は幾本もの気根の中に埋もれてしまいました。もう外へ連れだすことなど不可能でした。充分な世話もできず、まだ癒着《ゆちゃく》していない気根のすきまからチュウブを差しいれて、食べ物をあたえるくらいです。やがてそれもできなくなり、王子はついに〝聖なる森〟へ呑みこまれてしまったということです。数百年も以前の話ですし、飽くまで云いつたえですが、古老たちは、その王子を見たつもりになっているのでしょう。……ほら、こんな歪《いびつ》なうねりは、子どものひとりくらい呑みこんでいるように見えませんか。」

なるほど、発達した気根ともなれば、子どもはおろか、おとなでさえも容易に埋もれてしまう太さに育っている。樹液を吸ってみれば確かに甘く、発酵させればヨーグルトのような口当たりにもなるこの樹の果実は、タンパク質が豊富だ。かじりながら、〝聖なる森〟を巡回した記者は、若者を待たせていたはずの起点へ戻った。ところが、そこに人影はなく、彼は忽然と消え失せていた。待つのに飽きて、先に帰ったのだろう。そう思って集落へ戻ったところ、畠仕事をしていた男は、この地域にそんな若者はいないと云った。さては白昼夢でも見たのかもしれない。

男によれば、〝聖なる森〟と呼ばれる大樹はあるが、子どもが呑みこまれた話は、ついぞ聞かないと笑った。ただし、ボダイジュやパンノキの根元へ聖人を象《かたど》った石像を置くことはよくあるそうで、年月を経てそれが気根に包まれるのはめずらしくないと話した。

「おれの家では、椅子を喰われたんだ。」

案内された男の家には、庭先へ張り出した見事なボダイジュがあり、朽ちた椅子の残骸を地上一メートルほどの高さでくわえこんでいた。

ダイニングルームの卓子《テーブル》は、縦に長いS字で、十人ほどがゆったり会食できる大きさだった。ただ時間配分が各自の自由にまかされたこの家では、兄弟そろって卓《テー》子《ブル》につくことはほとんどない。けさはめずらしく、ふたり一緒だった。卓子《テーブル》と似かよった曲線を持つ二枚の板壁がならんで立ち、そこがキチネットになっている。順番にシンクとレンジを使い、それぞれ好き勝手に調理した。

カイトはホウレン草に玉葱のペーストと半熟卵をまぶした惣菜が好みで、それを香草オイルに涵《ひた》したパンへのせる。スワンは玉葱を省いて同じものをこしらえ、兄より少し遅れて卓子《テーブル》へついた。カイトは見慣れたスミレ色のゾンデを差しだした。コードを記録したそれが競技場の通行証になる。

「今夜の試合の二座席《ツインシート》だ。ヒヴァでも誘って観に来いよ、」

「開幕試合が観たかったのに、」

「すんだことを何度も云うな。要らないなら、ほかへ回すぜ、」

「要る、」

スワンはあわててつかみ、新しく仕入れたプラズマラジオなどと一緒に、学校服のポケットへしまいこんだ。電氣会館のフロントシステムから呼び出しがあり、カイトが手もとのコンソールパネルで応じたところ、十日前から滞留している荷物を届けてもいいかとの連絡だった。

「なんで、十日も滞留するんだ。不在だったわけでもないのに、」

文句を云いつつ、カイトは手配を指示した。フロントシステムは自動制御で、ロッカーへ保管した荷物を転送してきた。まもなくリフトの表示灯《パイロット》がつき、スワンが待ちかまえて荷物をとりだした。手のひらへ収まる程度の包みだ。スワンはさっそく封を解いて、細身のペンナイフを取りだした。

「これって、開幕試合の日に、ぼくがうけとるはずだったナイフだね、」

「ああ、」

「小さなものなら、在宅届けにしなくても、フロントのロッカーへ預ければすんだのに。ナイフのせいで、開幕試合を棒にふったなんて、納得いかないな、」

「おまえもくどいな。観客席でスター・プランツが咲きだしてもよかったのか。おまえはあの前夜、すでに発芽してたんだ。だとすれば、試合中に眠りこけ、気づいたときには蔓と花に埋もれていただろうさ、」

「みんな試合に夢中で、ぼくの手脚に蔓草がからみついたくらいじゃ、気にとめやしないよ、たぶん、」

「だから、おまえじゃなく、おれの問題なんだよ。開幕の日は、眠った王子が近くにいるだけで反応する体調だった。十万の観衆の前で、それはできない。誤解のないように云っておくけどな、〈同調《シンクロ》〉はシステムなんだよ。感情で作用するわけじゃない。」

「解ってるよ。兄さんは主義としてはヘテロで、インセストの趣味もなく、ぼくにたいしては感情的な何の思いいれも持たないけど、躰は効率的かつシステマチックに動くって、そう云いたいんだろう？　平気だよ。ぼくは何も誤解していないし、勘ちがいもない。……ただね、ひとつだけ訊かせてほしい、」

「なにを？」

「兄さんは、どうしてぼくと暮らしてるのさ。……こんなのって、面倒だろう？」

笑みを浮かべただけで答えをはぐらかしたカイトは、食器をかたづけて手早く身じたくをすませ、エレヴェエタへ向かった。スワンは洗面台の鏡の前で、厄介な旋毛《つむじ》のある髪に手を焼いていた。ピエロたちを真似て髪をあごの線で切ったものの、旋毛がじゃまをして毛先がきれいにそろわず、癇癪《かんしゃく》寸前だった。

「α《アルファ》が、おまえのピエロでなくて、残念だったな。彼なら、髪の世話だってちゃんとしてくれただろうに。元来、ピエロたちは、世話好きなんだ。おれはそんな手間はごめんこうむるけども、」

エレヴェエタを呼びだしたカイトは、扉の前に落ちていた紙片をひろった。スワンは、毛先を完璧にそろえたいというのぞみを放棄してバスクベレーを深くかぶり、ちょうど到着したエレヴェエタへ、学校鞄《かばん》をかかえて駆けこんだ。

「……どうせなら、《超《リープ》》の方法を教えてほしかったな、」

「蝶型凧《マカオン》も乗りこなせないヤツが何を云ってるんだよ。おまえさえその気があれば、こんどのA／Z統括都市への遠征のときに、いっしょにいって蝶型凧《マカオン》に乗ろうぜ。初級コースの高低差一〇〇からはじめてやるからさ、」

「……うん、」

うなずきつつ、スワンは以前に蝶型凧《マカオン》を試したときのことを思いだして、冷や汗をかいた。彼はまるでバランスを保てず、蝶型凧《マカオン》がプログラム通りに空中旋回をはじめたころには、気を失っていたのだ。着地したさいには平気な顔をしてみせたが、カイトには見透かされた。

「それ、〝ハーツイーズ〟のカードだね、」

スワンはカイトが手にする紙片をのぞきこんだ。「三月生まれの」ではじまる例の文面だ。手書きで「スワンへ」とそえてあり、末尾に署名もあった。日付はハイパーフットボールの開幕試合の晩だ。

「……Legno《レグノ》　Ao-Site　ANSA、……誰だろう?」

「さあな、」

すぐさまの反応は、かえって怪しい。相手を知りつつ惚《とぼ》けたのだとスワンに思わせた。彼は、紙片を兄に返した。

「もうひとつ訊いていい?」

「なんだよ、」

「ぼくと兄さんって、血が繋がっているわけじゃないよね。……厳密な意味での兄弟じゃないだろう、」

「何が云いたいんだ?」

「べつに。ちょっと訊いてみただけ。……インセストはぼくも趣味じゃない……から、」

　スワンは最後まで云わないうちに、カイトに小突かれた。電氣会館の玄関ロビーの外には、いまだに誰の足跡もつけずにとけ残った雪がある。そこへ、陽を浴びたスワンの影が映った。波紋のようにひろがるプリズムをともない、淡いスミレ色のもやがなびく。

「兄さん、ほら、」

「……なんだ。急げよ、」

カイトは腑《ふ》に落ちない顔をして、スワンをせかして通りへ出た。兄弟はそこで別れ、それぞれ反対方向へ歩きだした。途中でヒヴァと合流したスワンは、流感や今年はじめての外出禁止令のことを話題にしながら、おかげで仕切りなおしの式典が行われる新学期の学校へ向かった。またしても、市長と学校長の長話が予定されていた。

「うんざりだな、」

「まったく、」

不平を云いつつ歩く道すがら、スワンは手のひらに新たな水ぶくれを発見した。

解説　独身者のソォダ水——長野まゆみについて

千葉雅也

　長野まゆみの作品と女性ファンのあいだには、あの凛として謎めいた少年たちの理念性《イデアリテ》について、きっと、その条項を易々とは明かせぬ密約が、それとなく結ばれているのだろう。だが、決して多くないはずの男性ファンの一人である僕にだって、それなりの言い分がある。一九九〇年代前半、僕の青少年期の進展は、初期の長野作品と不可分だった。僕が、僕じしんの身体を積極的に一連のファンタジーとして生きることを決定したのは、もしかしたら、中学時代の終わりに同級の少女から紹介された、というよりも彼女からその秘密——「石膏のたまご」——を奪いとった『少年アリス』なのである。穏やかな優等生だった彼女は、その濃緑の書物を、襟を正して、しかしふわりと包み込むように読んでおり、瞬時に僕は「そのように読まれるべきものなのか」と納得したのだが、今日想起してみると、そのとき僕は、彼女とその書をつなぐ三〇センチの安定を周到に乱したい、蹂躙したい、という敵意を感じていたように思えてならない。僕は、いくぶん神経質に『少年アリス』について縷々述べようとしたが、彼女の方は、薄曇った笑みを丸めたまま、言葉少なだった。それが、僕にとっては、奪取のステートメントだった。秘密の身体が起動しつつあった。

少年。純化された少年。ナルシスティックというよりはオートマティックな。植物や鉱物や気の利いたオブジェと交錯する、作り物めいた少年の光芒は、ふつう、ほどよいファンタスムとして玩味されるべき対象であろうし、それへのアディクションが長年続くにしても、ライフスタイルの趣味嗜好にすぎないというのが関の山であろう。が、少なくとも僕は、そうじゃない、という自己欺瞞かもしれない確信を今でもかろうじて保持している。当時の僕は、並々のヘテロセクシュアリティから自己疎外しつつあったことについて判断を宙吊りにしていたが、長野まゆみの少年たちの、どう考えてもインチキなオートマティズムに捲き込まれてしまったことが、その宙吊りに、宙吊りのまま一定の実質を与えてよしと決定する一因となった――ようなのである。長野まゆみへのラヴレターであり呪詛。このインチキが！と僕は、長野まゆみと僕の身体を、福々しく罵倒せざるをえない。

その後の、高校時代の僕は、長野作品を携えて成長することを強いられた。二人＋αの少年たちを、自分一人のなかに抱え込んで。そう、長野作品には、たいてい重要な二人の少年が登場している。それは、ホモセクシュアルなカップルのようでもあり、一見「やおい」や「ＢＬ」を連想させるが、「攻め／受け」という役割分担をことさらクリシェ化することによる、男＝能動／女＝受動という図式への批判性が、まったくないわけではないにせよ、希薄である。能動的な少年と、いささか受動的な少年。が、この能動／受動は、攻め／受けではない。長野まゆみが描く能動的な少年は、自己充足している独身者であり、その独身者性の強度が、もうひとりの受動的な少年をどうしようもなく惹きつける。前者は後者に、独身者としてのスタイルの教育《パイデイア》を、何気なく与えるのだ。オートマティックにスタイリッシュであるという、ただそのことだけによって。『天球儀文庫』の「宵里《しょうり》」と「アビ」、また『テレヴィジョン・シティ』の「イーイー」と「アナナス」。こうした二人を攻め／受けに分けて「萌える」のは容易い。が、僕にとって二人は、独身者とその分身なのである。独身者には分身が必要である、というか、独身者は必然的に分身しつつ存立する。なぜか。強度ある独身者はそもそも模造《シミュラクル》でインチキで、決定的に真なる「(本) 性 nature / sex, gender, sexuality」などないからだ。その頃から僕は、少なからずやおいやＢＬも愛読してきたけれど、その少年たちの関係性には、いつも長野的な独身者の分身性を見ようとしている。

長野作品は、少年たちの底なしにインチキな燦めきが実のところ不気味さでもある、という生真面目な気づきへと直行せずに、底なしへの途上で、能動でも受動でもない中動態の少年性を結晶化させることに長けている。だが、一九九二年の『テレヴィジョン・シティ』あたりから悲劇の重みが加わってきて、その延長上に『超少年』も位置している。長野まゆみは、少年たちの極薄の季節を言祝ぐだけでなく、それを出口なき試練としても呈示し始めた（僕の青春期において『テレヴィジョン・シティ』の終末観は、その後九五－六年の『新世紀エヴァンゲリオン』の序章でもあった、つまり「碇シンジ」と「渚カヲル」へ）。それは、なにか途方もないシステムの閉域として表象されるのだが、この追い詰めによってイーイーとアナナスは、ついには、途方もなく美しい海のシミュラクルへと、閉じ-開かれる。

海と母。どちらもフランス語で「メェル」。ある時期からの長野作品において、少年の独身者性を浸食し始める〈大いなるもの〉——たとえば『夏至南風』における腐敗——は、結局のところ、残酷に優しすぎる母性である、と見切ることもまた容易いだろう。そうした母性は、当初からずっと潜在していたとも言える（凝った日本語という母国語へのフェティシズムからしてすでにそうだったように思われる）。それに比べて、これまた僕のお気に入りであり、長野作品と無縁ではない稲垣足穂は、虚空で空転するフリーズドライされた幾何学的少年を、母の貪欲から切断せんとする勢いを過ごした結果、ココア色にダンディズム化してしまった。少年をママ／パパの影から自律させることはなかなか難しい。少女の生き延びについては、観られるものとしての性、被窃視身体性をどうマネージするかが問題となるだろうが、少年は、自分で自分を観ない／ことによって観る、あるいは分身によって観られる傾向に憑かれがちであって、それゆえ（足穂風に言うなら）抽象的な悩みを抱きがちなのだが、しかし問題は、少女へ助けを求めて共々生々しくヘテロ規範性のなかに充実を見出すことでも、無頼なダンディないしオタクとして熟することでもなく、自己反射体として多面的な合わせ鏡のように存立することがどこまでできるか、ではないだろうか。

　今回の『超少年』でも、「AVIALY」というシステマティックな〈大いなるもの〉が背景にあるのだが、半・植物化した未来の少年たちは、情けなき母性の管理下で養殖されているというよりは（そうも読めるが）、互いの分身化を激化させて独身者の群体をなし、この〈群分身化〉に、さらに「ピエロ」と「王子」という分身性が――おそらくは長野作品の自己パロディをも含意させつつ――薄紫で重ね塗られているのである。独身者、分身的カップル、群体。この1・2・3を、僕としては、

『天球儀文庫』の印象的なアイテム、「ソォダ水」にこじつけたい。瓶に入ったソォダ水は、それ自体として独身者である。そこに、宵里は「角砂糖」を入れるはずだ。これがソォダ水の分身化。すると、泡が立つ。複数の気泡という群体。これが、長野作品の（少なくとも少年もの系列の）アレゴリーであると僕は言いたい。フランスの大哲学者アンリ・ベルクソンは、『創造的進化』という書物で、コップの水に砂糖を入れて溶けるのを待つときのじれったさが、世界を一元的に貫く「持続」のリアリティを「直観」させるのだと述べた。この水が、もしシトロンソォダだったとすれば！　そこに砂糖を入れたら、持続をじっと待つよりもはやくシュワシュワと沸き上がる複数の気泡で、世界は穴だらけであるという直感を得られるかもしれない。少年は、きっと反‐持続である。少年は、穴だらけの〈中間〉である。

　原初の王子であるスワンに三人のピエロたちが〈求婚〉するのが『超少年』のメインプロットだが、ここまで述べてきた分身性が本作において極まるのは、実のところ、ピエロ‐αとその王子のあいだではなく、スワンと偽兄カイトとのあいだではないだろうか。カイトこそが隠れた独身者である。ピエロにも王子にもはっきり分化せず、両者の性格を併せもつ彼こそが、群体において〈中間〉たる〈中間〉の少年であり、自己においてもっともインチキな距離を抱え込んだヤツである。カイトは、イーイーや宵里よりも遠い存在であり、言うならば『天球儀文庫』で名前の出てくる宵里の長兄「海里」――もはや少年とは言いにくい年齢であるらしい――を想わせるところがある（マニアックな思い込みだが）。一面の雪――残酷に優しすぎる母性――のなかで、カイトの「褐色の肌と琥珀色《アンバー》の睛《め》」――それは足穂的コア色とひと味違う――は、春の、始まりの少年であるスワンを、夏という〈中間〉の季節へトリップさせるのかもしれない。始まりの季節と、始まってしまっている季節。雪が溶け、砂糖が溶けるのを待つまでもない。二人のあいだは、にわかに泡立つだろう。

本書は一九九九年六月、単行本として小社より刊行されました。
初出「超少年」……『文藝』一九九九年夏号

超少年《ちょうしょうねん》

二〇一〇年一二月一〇日 初版印刷
二〇一〇年一二月二〇日 初版発行

著 者 長野《ながの》まゆみ
発行者 若森繁男
発行所 株式会社河出書房新社
〒一五一-〇〇五一
東京都渋谷区千駄ヶ谷二-三二-二
電話〇三-三四〇四-八六一一（編集）
〇三-三四〇四-一二〇一（営業）
http://www.kawade.co.jp/

ロゴ・表紙デザイン 粟津潔
本文フォーマット 佐々木暁
印刷・製本 中央精版印刷株式会社
落丁本・乱丁本はおとりかえいたします。
Printed in Japan ISBN978-4-309-41051-7

青春デンデケデケデケ

芦原すなお　40352-6

1965年の夏休み、ラジオから流れるベンチャーズのギターがぼくを変えた。“やーっぱりロックでなけらいかん”——誰もが通過する青春の輝かしい季節を描いた痛快小説。文藝賞・直木賞受賞。映画化原作。

A感覚とV感覚

稲垣足穂　40568-1

永遠なる“少年”へのはかないノスタルジーと、はるかな天上へとかよう晴朗なA感覚——タルホ美学の原基をなす表題作のほか、みずみずしい初期短篇から後期の典雅な論考まで、全14篇を収録した代表作。

オアシス

生田紗代　40812-5

私が〈出会った〉青い自転車が盗まれた。呆然自失の中、私の自転車を探す日々が始まる。家事放棄の母と、その母にパラサイトされている姉、そして私。女三人、奇妙な家族の行方は？　文藝賞受賞作。

助手席にて、グルグル・ダンスを踊って

伊藤たかみ　40818-7

高三の夏、赤いコンバーチブルにのって青春をグルグル回りつづけたぼくと彼女のミオ。はじけるようなみずみずしさと懐かしく甘酸っぱい感傷が交差する、芥川賞作家の鮮烈なデビュー作。第32回文藝賞受賞。

ロスト・ストーリー

伊藤たかみ　40824-8

ある朝彼女は出て行った。自らの「失くした物語」をとり戻すために——。僕と兄アニーとアニーのかつての恋人ナオミの３人暮らしに変化が訪れた。過去と現実が交錯する、芥川賞作家による初長篇にして代表作。

狐狸庵交遊録

遠藤周作　40811-8

遠藤周作没後十年。類い希なる好奇心とユーモアで人々を笑いの渦に巻き込んだ狐狸庵先生。文壇関係のみならず、多彩な友人達とのエピソードを記した抱腹絶倒のエッセイ。阿川弘之氏との未発表往復書簡収録。

父が消えた

尾辻克彦　40745-6

父の遺骨を納める墓地を見に出かけた「私」の目に映るもの、頭をよぎることどもの間に、父の思い出が滑り込む……。芥川賞受賞作「父が消えた」など、初期作品５篇を収録した傑作短篇集。解説・夏石鈴子

東京ゲスト・ハウス

角田光代　40760-9

半年のアジア放浪から帰った僕は、あてもなく、旅で知り合った女性の一軒家を間借りする。そこはまるで旅の続きのゲスト・ハウスのような場所だった。旅の終りを探す、直木賞作家の青春小説。解説＝中上紀

ぼくとネモ号と彼女たち

角田光代　40780-7

中古で買った愛車「ネモ号」に乗って、当てもなく道を走るぼく。とりあえず、遠くへ行きたい。行き先は、乗せた女しだい──直木賞作家による青春ロード・ノベル。解説＝豊田道倫

ホームドラマ

新堂冬樹　40815-6

一見、幸せな家庭に潜む静かな狂気……。あの新堂冬樹が描き出す“最悪のホームドラマ”がついに文庫化。文庫版特別書き下ろし短篇「賢母」を収録！　解説＝永江朗

母の発達

笙野頼子　40577-3

娘の怨念によって殺されたお母さんは〈新種の母〉として、解体しながら、発達した。五十音の母として。空前絶後の着想で抱腹絶倒の世界をつくる、芥川賞作家の話題の超力作長篇小説。

きょうのできごと

柴崎友香　40711-1

この小さな惑星で、あなたはきょう、誰を想っていますか……。京都の夜に集まった男女が、ある一日に経験した、いくつかの小さな物語。行定勲監督による映画原作、ベストセラー!!

青空感傷ツアー

柴崎友香　40766-1

超美人でゴーマンな女ともだちと、彼女に言いなりな私。大阪→トルコ→四国→石垣島。抱腹絶倒、やがてせつない女二人の感傷旅行の行方は？　映画「きょうのできごと」原作者の話題作。解説＝長嶋有

次の町まで、きみはどんな歌をうたうの？

柴崎友香　40786-9

幻の初期作品が待望の文庫化！　大阪発東京行。友人カップルのドライブに男二人がむりやり便乗。四人それぞれの思いを乗せた旅の行方は？　切なく、歯痒い、心に残るロード・ラブ・ストーリー。解説＝綿矢りさ

ユルスナールの靴

須賀敦子　40552-0

デビュー後十年を待たずに惜しまれつつ逝った筆者の最後の著作。20世紀フランスを代表する文学者ユルスナールの軌跡に、自らを重ねて、文学と人生の光と影を鮮やかに綴る長編作品。

ラジオ　デイズ

鈴木清剛　40617-6

追い払うことも仲良くすることもできない男が、オレの六畳で暮らしている……。二人の男の短い共同生活を奇跡的なまでのみずみずしさで描き、たちまちベストセラーとなった第34回文藝賞受賞作！

サラダ記念日

俵万智　40249-9

〈「この味がいいね」と君が言ったから七月六日はサラダ記念日〉——日常の何げない一瞬を、新鮮な感覚と溢れる感性で綴った短歌集。生きることがうたうこと。従来の短歌のイメージを見事に一変させた傑作！

香具師の旅

田中小実昌　40716-6

東大に入りながら、駐留軍やストリップ小屋で仕事をしたり、テキヤになって北陸を旅するコミさん。その独特の語り口で世の中からはぐれてしまう人びとの生き方を描き出す傑作短篇集。直木賞受賞作収録。

ポロポロ

田中小実昌　40717-3

父の開いていた祈禱会では、みんなポロポロという言葉にならない祈りをさけんだり、つぶやいたりしていた——表題作「ポロポロ」の他、中国戦線での過酷な体験を描いた連作。谷崎潤一郎賞受賞作。

さよならを言うまえに　人生のことば292章

太宰治　40956-6

生れて、すみません——39歳で、みずから世を去った太宰治が、悔恨と希望、恍惚と不安の淵から、人生の断面を切りとった、煌く言葉のかずかず。テーマ別に編成された、太宰文学のエッセンス！

新・書を捨てよ、町へ出よう

寺山修司　40803-3

書物狂いの青年期に歌人として鮮烈なデビューを飾り、古今東西の書物に精通した著者が言葉と思想の再生のためにあえて時代と自己に向けて放った普遍的なアジテーション。エッセイスト・寺山修司の代表作。

枯木灘

中上健次　40002-0

自然に生きる人間の原型と向き合い、現実と物語のダイナミズムを現代に甦えらせた著者初の長篇小説。毎日出版文化賞と芸術選奨文部大臣新人賞に輝いた新文学世代の記念碑的な大作！

千年の愉楽

中上健次　40350-2

熊野の山々のせまる紀州南端の地を舞台に、高貴で不吉な血の宿命を分かつ若者たち——色事師、荒くれ、夜盗、ヤクザら——の生と死を、神話的世界を通し過去・現在・未来に自在に映しだす新しい物語文学！

無知の涙

永山則夫　40275-8

４人を射殺した少年は獄中で、本を貪り読み、字を学びながら、生れて初めてノートを綴った——自らを徹底的に問いつめつつ、世界と自己へ目を開いていくかつてない魂の軌跡として。従来の版に未収録分をすべて収録。

マリ&フィフィの虐殺ソングブック

中原昌也　40618-3

「これを読んだらもう死んでもいい」（清水アリカ）――刊行後、若い世代の圧倒的支持と旧世代の困惑に、世論を二分した、超前衛―アヴァンギャルドーバッド・ドリーム文学の誕生を告げる、話題の作品集。

子猫が読む乱暴者日記

中原昌也　40783-8

衝撃のデビュー作『マリ＆フィフィの虐殺ソングブック』と三島賞受賞作『あらゆる場所に花束が……』を繋ぐ、作家・中原昌也の本格的誕生と飛躍を記す決定的な作品集。無垢なる絶望が笑いと感動へ誘う！

リレキショ

中村航　40759-3

“姉さん”に拾われて“半沢良”になった僕。ある日届いた一通の招待状をきっかけに、いつもと少しだけ違う世界がひっそりと動き出す。第39回文藝賞受賞作。解説＝GOING UNDER GROUND 河野丈洋

夏休み

中村航　40801-9

吉田くんの家出がきっかけで訪れた二組のカップルの危機。僕らのひと夏の旅が辿り着いた場所は――キュートで爽やか、じんわり心にしみる物語。『100回泣くこと』の著者による超人気作がいよいよ文庫に！

黒冷水

羽田圭介　40765-4

兄の部屋を偏執的にアサる弟と、執拗に監視・報復する兄。出口を失い暴走する憎悪の「黒冷水」。兄弟間の果てしない確執に終わりはあるのか？史上最年少17歳・第40回文藝賞受賞作！　解説＝斎藤美奈子

にごりえ　現代語訳・樋口一葉

伊藤比呂美／島田雅彦／多和田葉子／角田光代〔現代語訳〕　40732-6

深くて広い一葉の魅力にはいりこむためにはここから。「にごりえ・この子・裏紫」＝伊藤比呂美、「大つごもり・われから」＝島田雅彦、「ゆく雲」＝多和田葉子、「うつせみ」＝角田光代。

ブエノスアイレス午前零時
藤沢周　40593-3

新潟、山奥の温泉旅館に、タンゴが鳴りひびく時、ブエノスアイレスの雪が降りそそぐ。過去を失いつつある老嬢と都会に挫折した青年の孤独なダンスに、人生のすべてを凝縮させた感動の芥川賞受賞作。

さだめ
藤沢周　40779-1

ＡＶのスカウトマン・寺崎が出会った女性、佑子。正気と狂気の狭間で揺れ動く彼女に次第に惹かれていく寺崎を待ち受ける「さだめ」とは…。芥川賞作家が描いた切なくも一途な恋愛小説の傑作。解説・行定勲

アウトブリード
保坂和志　40693-0

小説とは何か？　生と死は何か？　世界とは何か？　論理ではなく、直観で切りひらく清新な思考の軌跡。真摯な問いかけによって、若い表現者の圧倒的な支持を集めた、読者に勇気を与えるエッセイ集。

最後の吐息
星野智幸　40767-8

蜜の雨が降っている、雨は蜜の涙を流してる――ある作家が死んだことを新聞で知った真楠は恋人にあてて手紙を書く。鮮烈な色・熱・香が奏でる恍惚と陶酔の世界。第34回文藝賞受賞作。解説＝堀江敏幸

泥の花　「今、ここ」を生きる
水上勉　40742-5

晩年の著者が、老いと病いに苦しみながら、困難な「今」を生きるすべての人々に贈る渾身の人生論。挫折も絶望も病いも老いも、新たな生の活路に踏み出すための入口だと説く、自立の思想の精髄。

英霊の聲
三島由紀夫　40771-5

繁栄の底に隠された日本人の精神の腐敗を二・二六事件の青年将校と特攻隊の兵士の霊を通して浮き彫りにした表題作と、青年将校夫妻の自決を題材とした「憂国」、傑作戯曲「十日の菊」を収めたオリジナル版。

サド侯爵夫人／朱雀家の滅亡

三島由紀夫　40772-2

“サド侯爵は私だ！”——獄中の夫サドを20年待ち続けたルネ夫人の愛の思念とサドをめぐる６人の女の苛烈な対立から、不在の侯爵の人間像を明確に描き出し、戦後戯曲の最大傑作と称される代表作を収録。

アブサン物語

村松友視　40547-6

我が人生の伴侶、愛猫アブサンに捧ぐ！　21歳の大往生をとげたアブサンと著者とのペットを超えた交わりを、出逢いから最期を通し、ユーモアと哀感をこめて描く感動のエッセイ。ベストセラー待望の文庫化。

ベッドタイムアイズ

山田詠美　40197-3

スプーンは私をかわいがるのがとてもうまい。ただし、それは私の体を、であって、心では決して、ない。——痛切な抒情と鮮烈な文体を駆使して、選考委員各氏の激賞をうけた文藝賞受賞のベストセラー。

人のセックスを笑うな

山崎ナオコーラ　40814-9

19歳のオレと39歳のユリ。恋とも愛ともつかぬいとしさが、オレを駆り立てた——「思わず嫉妬したくなる程の才能」と選考委員に絶賛された、せつなさ100％の恋愛小説。第41回文藝賞受賞作。

インストール

綿矢りさ　40758-6

女子高生と小学生が風俗チャットで一儲け。押入れのコンピューターから覗いたオトナの世界とは?!　史上最年少芥川賞受賞作家のデビュー作／第38回文藝賞受賞作。書き下ろし短篇併録。解説＝高橋源一郎